대한민국 강력형사 1프로, 형사수첩

(전반전)

대한민국 강력형사 1프로, 형사수첩

발 행 | 2021년 6월 16일
저 자 | 김준형 형사
펴낸이 | 한건희
펴낸곳 | 주식회사 부크크
출판사등록 | 2014.7.15.(제2014-16호)
주 소 | 서울특별시 금천구 가산디지털1로 119 SK트윈타워 A동 305호
전 화 | 1670-8316
이메일 | info@bookk.co.kr

ISBN | 979-11-372-4802-1

www.bookk.co.kr
© 김준형 형사 2021

대한민국 강력형사

1프로
형사수첩

김준형 형사 지음

차례

2009년 형사의 세계에 발을 들인 후, 대한민국 강력형사 1% 안에 들기 위해 비번에 휴일도 없이 잠복을 이어가며 범인을 쫓으면서, 비록 범인을 잡더라도 피해자의 아픔은 그것으로 끝나지 않음을 뒤늦게 알게 되었습니다. 진압 경찰이고 사후 경찰의 성격이 짙은 강력형사이지만... 범죄예방 그리고 국민에게 사랑받는 경찰이 되는데 조금의 보탬이라도 되고자, 필드에서 뛰고 있는 형사의 외부활동이 금기시되는 형사들의 룰을 깨고 세상 밖으로 나오게 되었습니다.

<u>작가소개</u>

서울도봉경찰서 형사과 강력팀
서울도봉경찰서 위기협상팀 협상요원
경찰수사연수원 / 경찰대학 외래강사
서울경찰청 / 경기북부경찰청 동료강사
해양경찰교육원 / 동해지방해양경찰청 외래강사
국방부 군사안보지원학교 외래강사
'23년 제4회 '책임수사관' 자격 인증
'22년 추적수사 '전문수사관 마스터' 경찰청장 인증
'19년 추적수사 '전문수사관' 경찰청장 인증
'14년 1분기 강력팀 평가 전국 1위
'13년 수사분야 '인권경찰상' 수상
'09년 형사팀, 생활범죄수사팀, 강력팀
'02년 파출소, 지구대, 기동대

국민에게 사랑받는 경찰을 꿈꾸는 경찰관
보이스피싱(전화금융사기) 범죄예방
원광디지털대학교 경찰학과 졸업
선덕고등학교 졸업

제1화 김총경, 뒤늦게 강력형사가 되다

노량진 고시촌의 다리를 쭉~ 펴고 잘 수도 없는 1평도 채 안 되는 월 14만짜리 고시원... 그리고 해 질 무렵 서울고시각 학원 옥상에서 노을 색상으로 맞은편에 우뚝 솟은 63빌딩을 보면서 순경시험 공부를 하였습니다.

시험에 합격하기 전 창문도 없는 지하 쪽방에 누워 천장을 보며 잠들기 전에 항상 어떤 경찰이 될지, 제 꿈을 어떻게 펼칠지 머릿속으로 상상의 날개를 펴곤 했습니다.

첫 부임지인 서울도봉경찰서 방학2파출소... 선배뿐 아니라 주민분들도 스포츠머리에 앳된 저를 보고 웃으시면서 의경 같다 하시곤 했습니다.

노량진 고시원 때부터 영화에 나오는 정의감에 불타오르는 멋진 형사를 마음에 품고 있었지만... 계급사회인 경찰 조직에서 섣불리 형사과에 지원할 수는 없었습니다.

부임 첫날 더블백을 메고 파출소에 들어가니 선배님들은 "김총경!! 우리파출소에 온 거 환영하네"라고 하셨고, 저는 졸지에 김총경이란 별명을 갖게 되었습니다.

당시 선배님들은 대부분이 경사라는 말단 계급으로 정년퇴직을 하셨기에, 만 22살 순경인 저를 보시고는 첫날부터 승진이라는 묵은 숙제를 내주셨고, 경찰관이셨던 아버님께서도 포장마차에서 제 소주잔에 잔을 채워주시며 앞으로는 승진에 매진하라고 당부를 하셨습니다.

그런 기대를 뒤로하고 진급이 느린 강력반에 지원할 수가 없었습니다. 파출소와 기동대, 내근 등에서 직업경찰관으로 국민을 위해 열심히 일하면서도 다른 한편으로는 승진이란 압박감을 쉽사리 떨칠 수는 없었습니다.

갑작스러운 아버님의 건강 악화로 고대병원에 투병 중이실 때에도 아버님은 당신의 건강보다도 곧 있을 제 승진시험에 관심을 가지셨습니다.

경찰 입직 7년 차가 되어서야 승진이란 단어를 뒤로 미룰 수 있었습니다.

가깝게는 우리 주민들과 크게는 국민을 위해 마음속에 담아두었던 꿈을 펼쳐보고자 야심 차게 형사과에 지원서를 내었었고, 평소 제 열정과 패기를 유심히 지켜보시던 한 선배님께서 형사과 강력팀에 선발해주시면서 조금은 늦은 나이 29살... 제 강력형사의 인생이 시작되게 되었습니다.

2002년 중앙경찰학교 졸업식 때

제2화 막내 형사와 운전·복사·팩스

수사차량 운전모습

제가 강력팀 막내로 들어가 생활하면서 1년 동안 선배님들에게 수사에 대해 배운 것은 거의 없었습니다. 선배님들은 제게 수사를 가르쳐주지 않았습니다.

막내로 제가 한 것은 운전과 복사 그리고 팩스를 보내는 일이 전부였습니다.

제게 수사를 가르쳐주신 선배님들은 오리지날 강력통 형사들이셨는데, 강력통 중에서도 강성인 선배님들이셨습니다. 조장님에게 원래 처음 들어온 막내한테는 일을 가르쳐주지 않냐고 물어보니, 제가 1년 동안 하는 거 봐서 수사를 가르쳐줄지 말지를 생각해 보신다고 하셨습니다.

수사부서 근무가 처음인 저는 강력팀은 원래 그런가 보다 생각하고 잡일만 하면서 1년을 보냈고, 저와 수사를 비슷하게 시작한 또래의 동료들과의 술자리에서 제가 아직 피신(범인을 직접 조사하면서 만드는 서류로 피의자 신문조서의 줄임말)을 못 받아봤다고 하니까,

그 동료들은 자기 선배들은 1년간 수사에 대해 많은 것을 알려줘서 많이 배웠다면서, 나쁜 선배를 만나 1년간 운전실력만 향상된 저를 안타깝게 생각했습니다.

하지만 수사 실력이 한참 뒤처져 있던 제가 시간이 몇 년 지나자 제 또래의 동료들을 금세 추월했고, 10년이 지날 쯤에는 강력수사 분야에서 전국에 제 이름을 알리기 시작했습니다.

강력팀의 막내생활 1년간 저는 선배님들에게 누구에게서나 배울 수 있는 그런 수사가 아닌 더욱 중요한 것을 배웠던 거였습니다.

그것은 범인을 끝내 잡고야 말겠다는 '열정과 의지', 사건을 반드

시 해결하고야 말겠다는 '인내와 끈기'였습니다.

 선배님들은 불법에도 양과 질의 차이가 있듯이 그 네 개의 단어를 경찰관 모두가 가지고는 있지만, 같은 단어 속에도 깊이와 질의 차이가 있다고 항상 말씀하셨습니다.

제**3**화 날치기 사건의 유일한 증거, 전자사전

전자사전

예전에는 입학 선물로 값비싼 노트북보다 전자사전이 더 인기가
높을 때가 있었습니다.

요새는 폭주족들을 거의 볼 수가 없는데, 배달 대행업체 때문에

그런지 마후라의 굉음을 내며 도로를 질주하는 젊은이들은 보기가 힘듭니다. 10여 년 전에는 오토바이를 타고 여성의 핸드백을 낚아채는 날치기 범죄가 종종 발생했었는데, 여성분이 핸드백 줄 때문에 끌려가다가 넘어져 크게 다치는 경우도 있었습니다.

당시 날치기범에 대한 첩보가 한 건 들어왔는데, 범인이 술자리에서 자기가 날치기를 50여 건 이상을 성공했다고 자랑을 하였고, 그 얘기를 들은 지인이 제보를 한 것이었습니다.

물증은 없고 간접 진술만 있던 첩보였는데, 며칠 후 용의자의 집을 압수수색하였습니다. 그런데 집에서 찾은 것은 핑크색 전자사전 하나뿐이었고 집에는 오토바이도, 오토바이와 관련된 물건도 없었고 핸드백처럼 피해품으로 보이는 물건도 없었습니다. 용의자는 전자사전이 자기 것이라 주장했지만 핑크색이라 여자 것으로 추정되어 그것 하나만을 압수하였습니다.

그런데 용의자는 운전면허가 없었습니다. 오토바이도 없고 탈 줄도 모른다면서 누구의 밀고인지는 모르겠지만, 자신은 날치기를 한 적이 절대 없다고 버텼습니다.

간접증언뿐인 상태에서 저희는 난감했고 어떡해서든 피해를 당한 분을 한 명이라도 찾아내야 했습니다. 핑크색 전자사전의 주인을 찾기 위해 지방에 있는 제조회사에 찾아갔습니다.

회사 직원에게 전자사전을 보여주며 구매자가 누구인지 알 수 있냐고 물었더니, 고개를 좌우로 흔들면서 아마도 찾기 힘들 거라고 답했습니다. 그 회사는 중소기업이었는데 따로 구매자 관리를 하지 않고 제품번호로 봐서는 서울 지역에 출고된 정도만 확인이 가능한데, 그 후에서 여러 판매처를 통해 판매되기 때문에 A/S가 들어오기 전까지는 구매자를 자신들도 모른다고 했습니다.

사무실로 돌아와 혹여나 전자사전 안에 뭔가 있을까 여러 차례 찾아봤지만 제품은 거의 손을 안 댄 새 제품이었습니다. 그리고 용의자는 경찰이 자기 물건을 불법으로 압수했다면서 하루가 멀다 하고 경찰서에 항의 전화를 해댔습니다.

경찰 전산망을 이용하여 최근에 전국에서 발생한 절도사건의 피해품 중에 전자사전이 있는지 검색을 해봤지만 역시 없었습니다.

신중하지 못한 첩보 판단으로 허위제보에 경찰이 놀아나 무고한 시민을 용의선상에 올리고 사유재산을 강제 압수했다는 비판을 받기에 충분한 상황이었습니다.

저희 수사팀은 용의자의 전과나 첩보제공자의 진술의 신빙성 등 용의자가 범인이라는 심증은 가지고 있었지만, 물증이 없었습니다. 피해자를 찾지 못하면 사건을 무혐의로 검찰에 송치해야 하는 상황에까지 몰렸습니다.

저는 다시 전자사전을 열어 아무거라도 좋으니 하나만이라도 찾고자 이것 저것을 누르던 중 캘린더의 그 다음해 5월달의 19일 숫자가 다른 숫자보다 조금 굵다는 것을 발견했습니다. 기념일 체크를 해제하니 글씨가 얇아졌습니다. 몇 차례 찾아보았지만 못 봤던 것을 그제야 발견한 것이었고, 그 전자사전에 있던 유일한 표시였으며 전자사전의 주인이 남긴 유일한 흔적이었습니다.

제조사에 전화를 걸어 5월 19일이 혹시 제품의 출고일인지 물어봤지만 아니라고 했습니다. 분명 전자사전의 주인에게는 특별한 날이라 구입하자마자 달력에 표시를 해 놓은 것으로 생각되었습니다.

다시 경찰 전산망으로 범행 추정기간 3개월간의 전국 절도 발생 사건 3천여 건을 추출한 다음, 다시 피해자가 여성이고 대학생, 그러니까 20대 초중반 여성인 사건 7백여 건을 다시 추출하여 그중에서 생일이 5월 19일인 여성 9명을 선별했습니다.

선별한 9명의 피해자에게 차례로 전화를 걸었고, 5번째로 전화를 받은 여성분이 날치기당한 가방 안에 전자사전이 들어있었다고 하셨습니다. 문자메시지로 압수한 전자사전 사진을 보내드렸더니 자신의 것이 맞다고 하였고, 드디어 전자사전의 주인을 찾아낸 순간이었습니다.

피해자분은 대학교 신입생이셨는데 부모님에게 전자사전을 선물로 받은 날 날치기를 당하셨다고 하셨습니다. 날치기를 당한 후 경찰서에서 신고를 할 때 너무 떨리고 경황이 없어서 전자사전을 피해품 목록에 적지 못하셨다고 했습니다.

그 사건의 담당인 ○○경찰서 형사에게 전화를 걸었고 담당 형사는 수사를 상당히 많이 하였지만, 헬멧을 쓰고 번호판도 없이 수십

킬로를 도주하는 오토바이의 추적에는 실패하였다면서, 저에게 자기 사건의 날치기범을 잡았냐고 오히려 되물었습니다.

그쪽 형사가 확보한 CCTV 사진을 받았습니다. 날치기에 이용된 오토바이의 종류와 헬멧 색상, 범행 시의 용의자의 복장을 알아냈고 그 복장은... 용의자의 집에서 전자사전을 압수할 때 분명히 제두 눈으로 장롱에서 본 바로 그 옷이었습니다. 순간 온몸에 전기가 '찌릿~' 흘렀습니다.

무고한 시민의 전자사전을 불법으로 압수했다고 항의하던 용의자는 결국 구속이 되었고, 이후 보강수사를 통하여 여죄 50여 건을 모두 밝혀낼 수 있었습니다.

제**4**화 광수대 VS 강력팀, 누가 더 셀까?

'형사'라는 캐릭터는 주인공이든 조연이든 영화나 드라마의 단골 소재로 자주 등장하는데, 등장하는 형사의 소속을 보면 그중 '광역수사대(현재 강력범죄수사대)'와 '강력팀'이 가장 많이 선택됩니다.

제가 많이 듣는 질문 중 하나가 둘 중에 누가 더 수사를 잘하냐는 겁니다.

우선 둘의 직제를 보면 광수대는 서울경찰청처럼 각 시·도경찰청 소속이고, 강력팀은 시·도경찰청 아래의 경찰서 소속입니다. 직제로 본다면 광수대가 강력팀보다 높습니다.

둘이 취급하는 사건의 종류를 보면 수사하는 죄종에는 큰 차이가 없지만, 광수대는 규모가 상당히 큰 사건들과 범죄 발생지가 광역 단위로 범위가 넓은 사건들을 수사하고, 강력팀은 그보다는 좁은 경찰서 관내에서 발생하는 강력범죄 위주의 사건들을 취급합니다.

처리하는 사건 수를 보면 규모가 크며 보통 수사기간이 수개월에 달하는 사건들을 수사하는 광수대보다는, 관내에서 발생하는 절도 이상의 강력 죄종의 모든 사건을 맡아 수사하는 강력팀이 훨씬 많은 사건들을 처리합니다.

마지막으로 광수대와 강력팀의 인적자원을 본다면 이 질문에 대한 궁금증이 조금은 풀리지 않을까 합니다.

수사팀의 수사력에 가장 큰 영향을 미치는 요소는 인적자원입니다. 사건을 담당하는 형사가 누구이고 함께 수사를 하는 동료들... 바로 팀원들이 누구인가가 그 수사팀의 수사력을 좌지우지한다고 보시면 되겠습니다.

강력팀을 꾸릴 때에는 한 개 경찰서 안에 있는 직원들 중에서 나름 수사에 열정이 있고 수사를 잘한다는 직원들을 뽑아 팀을 꾸립니다. 강력팀에는 젊은 피가 항상 필요하기 때문에 수사를 전혀 모르는 신임순경도 강력팀에 들어올 수가 있습니다.

이에 비해 광수대는 강력팀보다 더욱 폭넓은 인적자원을 뽑을 수가 있는데,

서울청 광수대의 경우에는 서울에 있는 31개 경찰서 전체의 직원 중에서 선별하여 팀원을 뽑기 때문에 어느 정도 수사 실력이 검증된 직원들로만 팀을 꾸릴 수가 있습니다. 이는 달리 말하면 수사를 전혀 해보지 않은 완전 초짜 형사가 광수대에 있을 가능성은 거의 없다고 보시면 됩니다.

이런 사실들로만 보면 당연히 강력팀보다 광수대가 수사를 잘한 다고 생각이 되시겠지만 또 다른 중요한 변수가 있습니다. 바로 광수대 형사가 평생 광수대에만 있는 게 아니고 강력팀 형사가 평생 강력팀에만 있는 게 아니라는 겁니다.

저희 경찰서 강력팀에도 광수대에서 전출 온 형사들이 여러 명이 있고, 광수대에서 팀을 꾸릴 때 팀원으로 가장 선호하는 직원이 강력팀 형사입니다. 그래서 어찌 보면 광수대와 강력팀은 근무하는 수사팀의 이름만 다를 뿐... 사람은 같고 부서를 서로 왔다 갔다 한다고 볼 수 있습니다.

아마도 광수대 형사와 강력팀 형사는, 강력사건을 수사한다는 공통점과 국민이 피부로 느낄 수 있는 생활과 밀접한 범죄를 다루고, 수사스타일이 격렬하고 활동적이기 때문에 영화나 드라마 소재로 자주 등장하는 게 아닌가 합니다.

한 사건을 두고 광수대와 강력팀이 경쟁을 하여 누가 먼저 사건을 해결하는지 대결을 벌이는 것은 현실에서는 있을 수 없지만... 누가 더 센지에 대해서는 독자님들의 판단에 맡기겠습니다.

광수대와 강력팀은 경찰 내에 있는 수사부서 중 분명 수사력이 출중한 부서임에는 틀림없습니다.

하지만, 제가 일일이 다른 수사팀의 명칭을 얘기하진 않겠습니다만... 미디어에 노출되지 않아서 잘 모를 실 뿐이지 경찰에는 두 부서뿐만이 아니라 각 파트별로 실력이 뛰어난 다른 수사부서도 상당히 많다는 점을 알려드리고 싶습니다.

2020년 서울도봉경찰서 강력4팀

제 5 화 강력팀에 걸린 사기꾼

경찰에서는 해마다 일정 기간을 정하여 총포와 도검, 화약류의 집
중단속을 시행합니다.

몇 년 전에 저희 팀에 '도검 소지' 첩보가 한 건 들어왔습니다.
접이식 나이프였는데 영화를 보면 손잡이를 몇 번 돌리면 멋지게
단검으로 변하는 종류의 칼이었습니다.

폭력 전과가 있을 것으로 예상되었던 용의자는 폭력 전과는 전혀
없었고 의외로 사기 전과가 수두룩하였고, 이미 다른 3곳의 경찰서
에서 체포영장이 발부되어 '사기죄'로 지명수배가 된 상태였습니다.

사기죄는 주로 수사과 경제팀에서 수사를 하는데 3건이나 수배되
어 이미 도피 생활을 하던 용의자가... 어찌 된 건지 '도검 소지' 혐
의로 저희 강력팀에 걸리게 된 겁니다.

직업이 '사기꾼'에 화려한 전과기록 그리고 몇 년 전부터 도피 생활 중인 용의자를 추적하는 게 만만치 않을 거란 느낌이 들었지만, 주변 기초수사부터 시작하여 통화내역을 까나가면서 차곡차곡 파고 들어가자... 아마도, 용의자 자신도 미처 모르게 흘린 단서들이 하나 둘 눈에 들어오기 시작했습니다.

그런데 겨우 겨우 용의자가 사용하던 휴대폰 1대를 찾아냈는데, 역시 대포폰이었고 보름 전에 이미 해지가 된 상태였습니다. 그건 경찰의 추적을 피하기 위해 벌써 다른 대포폰으로 바꾸었다는 뜻이었습니다.

어렵게 찾아낸, 이미 해지된 휴대폰의 통화내역을 발췌하여 분석을 하였는데, 희한하게도 애인으로 추정되는 휴대폰 번호가 3개나 나온 것이었고 그중 1개는 연인으로 사귀어오다 얼마 전에 헤어진 깃치럼 보았습니다.

조심스럽게 헤어진 연인으로 보이는 휴대폰 번호의 주인을 카페에서 만났습니다.

처음 그녀는 오히려 저희를 의심하면서 말문을 열지 않았습니다. 카페에서의 어색한 긴 시간이 흐른 후, 그녀는 한참 후에야 입을 열었습니다.

그녀는 용의자가 모 그룹의 회장님의 손자, 그러니까 재벌 3세로 알고 있었습니다.

용의자 성이 실제로 그 그룹의 회장님의 성과 같았고 이름도 비슷했으며 그녀와 함께 찍은 사진 속의 용의자는 명품 옷에 부티가

자르르 흘렀고 그 그룹에서 만든 가장 비싼 차를 타고 다녔습니다.

안타깝게도 그녀는 결혼을 전제로 만난 용의자에게 이미 큰돈을 빌려준 상태에서 헤어지지도 않았는데 용의자가 갑자기 연락이 두절되어 그 그룹 회사에 전화를 해야 할지 말아야 할지 고민을 하던 차에 저에게 전화가 걸려왔다고 했습니다.

더욱 놀란 건 제가 애인의 휴대폰으로 추정했던 다른 휴대폰 번호 2개를 그녀는 이미 알고 있었고, 한 명은 용의자가 자신을 만나기 전에 잠시 만났던 과거의 애인으로, 다른 한 명은 화류계의 여성으로 알고 있습니다.

저는 다른 휴대폰 번호 2대의 주인 분들을 차례로 만났고, 찬찬히 얘기를 들어보니 그분들도 처음 만난 그녀와 똑같은 상황이었습니다.

과거 용의자는 벤처 사업가라고 속여 사기를 치던 수법이, 2~3년 전부터 모 그룹에서 만든 차를 타고 다니면서 자신의 성과 같은 모 회장의 손자를 사칭하는 것으로 변화된 것이었습니다.

도검 소지라는 혐의가 아니라 어떡해서든 녀석이 숨어있는 곳을 찾아내, 반듯이 교도소에 집어넣어야겠다는 오기가 끓어오르기 시작했습니다.

끈질긴 추적 끝에 그로부터 얼마 지나지 않아 용의자의 은신처로 추정되는 오피스텔을 하나 찾아냈고, 그 주변에서 여러 날에 걸친 잠복 끝에... 새벽시간 그 값비싼 차를 타고 와 지하 주차장에 세워 놓고 엘리베이터를 타려고 기다리는 용의자의 뒤통수에 대고 그놈의 이름을 불렀습니다.

"○○야, 니 할아버지가 진짜 □□그룹 회장님이야? 이 ××야!!!"

제6화 사무실에 걸려온 한 통의 국제전화

이제 막 추워지기 시작한 초겨울 어느 날... 외국인 종업원이 며칠째 출근하지 않는다는 112신고가 들어왔습니다.

신고자는 양말공장 사장님이셨는데, 지금 외국인 종업원이 사는 집 앞에 와있는데 연락도 안되고 문이 잠겨있어서 집에 들어가지도 못하고 있다면서... 종업원은 평소에 건강이 좋지 않았다면서 지금 죽었는지 살았는지도 모르겠다는 신고였습니다.

형사기동대 차를 타고 급히 신고장소에 도착을 해보니 어느 건물의 지하에... 절대로 집처럼 보이지 않는 창고 같은 문을 사장님이 손가락으로 가리켰습니다.

바닥에서부터 코끝으로 시큼한 시궁창 냄새가 올라오는 지하의 복도 끝에 달린 문에 귀를 대보니 안에서는 아주 작지만 조용한 음악이 흘러나오고 있었습니다. "쾅~쾅~쾅~쾅~" 주먹으로 문이 부서져라 세차게 두드렸지만... 안에서는 아무런 대답도 인기척도 없었습니다.

문고리를 부수고 들어갔습니다. 문이 열리고 눈에 들어온 2평 남짓한 정말 너무나 작은 공간에... 벽에는 아내와 아이들과 함께 찍은 사진 여러 장이 스카치테이프로 붙여져 있었고, 바닥의 구닥다리 컴퓨터 스피커에서는 그 나라의 라디오 소리가 흘러나오고 있었습니다. 종업원은 이불에 누워 이미 사망한 상태였습니다.

컴퓨터 모니터 상단에는 고국의 가족들과 영상 통화를 할 때에 사용하는 것으로 보이는 캠 카메라가 빨래집게로 집혀있었고, 집안에서 발견된 통장과 은행 전표로 종업원이 큰돈은 아니지만, 다달이 부인에게 돈을 송금하고 있었음을 알 수 있었습니다.

뒤이어 현장에 도착한 과학수사팀 요원이 '찰칵', '찰칵' 방의 모습을 연신 카메라 담고 있을 때, 외국인임을 떠나 그 방의 모습에 가슴이 먹먹하고... 마음 한편이 아리고 슬펐습니다.

그는 불법체류자였습니다...

사인은 지병인 폐렴으로 보였는데 이 병은 치료를 받지 않으면 안 되는 병이었습니다. 하지만 그는 병원에 갈 수가 없었습니다. 아니 불법체류자라서 갈 수가 없는 처지였습니다. 그런 몸 상태로 싸구려 진통제를 먹으면서 보푸라기 흩날리는 양말 공장에서 아침부터 밤늦게까지 힘들게 일해 받은 돈을 고국의 가족에게 보내고 있었던 거였습니다.

방에서 부인의 전화번호가 적힌 메모지를 찾아 국제전화로 전화를 걸어 서투른 영어로 남편이 사망했다고 알려주자, 수화기 너머로 부인은 연신 울기만 했습니다. 여러 선배들에게 조언을 구했지만, 시신을 그 나라에 보내주기는 힘들 것 같다고 했습니다. 너무나 작은 나라였고 국내에는 아무런 연고가 없었기 때문이었습니다.

그날 밤 잠을 제대로 이룰 수 없었습니다. 다음날 그 나라 대사관의 주재관과도 오랜 시간을 통화했지만, 구청을 통해 시신을 화장하는 방법 외에는 다른 방법을 찾지 못했습니다. 하지만 계속해서 인터넷을 뒤지고 뭔가 관계가 있을 거 같은 곳에 전화를 돌리기를 일주일을 넘게 했습니다.

그러던 중에 찾았습니다. 국제○○연구원이란 단체에서 시신을 냉동상태로 비행기로 그 나라에 운송을 해 줄 수 있다는 사실을 찾았고 너무나 기뻤습니다.

하지만 또 다른 문제에 부딪혔습니다. 시신을 운송하는 요금이 고액이라 다시 주재관과 통화를 하였지만, 작은 나라의 대사관이라 예산이 넉넉지 않다면서 요금의 절반밖에 낼 수 없으니, 나머지 절반은 저에게 구할 수 없냐고 되물었습니다.

기억에는 요금이 500만 원 정도였으니 250만 원을 구해야 했습니다. 양말공장 사장을 찾아가 얼마를 구했고 함께 일했던 동료들도 돈을 보탰습니다. 문을 부수고 방에 들어간 날 서랍과 지갑에서 한국 돈과 그 나라 돈 얼마를 찾았는데 일부는 거기서 차출해 모자란 돈을 마련했습니다.

며칠 후 시신은 비행기로 고국의 가족 품으로 갈 수가 있었습니다. 방에서 찾은 나머지 돈은 제 통장에 넣어 부인의 계좌로 송금을 해 주었습니다.

보름 정도가 지나 사무실로 한 통의 국제전화가 걸려 왔습니다. 부인은 그 나라 말로 말을 했는데 느낌으로 고맙다고 하는 건 충분히 알 수 있었습니다. 부인은 마지막에 누군가 종이에 적어준 것을 읽는 듯이 서투른 한국말로 "남편 보내줘서 고맙습니다, 경찰님 감사합니다"라고 말하고 전화를 끊었습니다.

한겨울 경찰서의 한 창문

10년 전 담당이었던 변사 사건입니다...

성인이 되어 어렵고 힘든 누군가를 돕고 싶다는 마음을 가졌을 때, 직업으로 경찰이 되겠다는 꿈을 갖게 되었습니다.

그리고 경찰이 되어 수없이 마주한 현실과 이상의 벽에 부딪힐 때마다... 노량진 고시촌에서 순경 시험을 준비할 때의 마음을 떠올리며 어떤 순간이라도 약자의 편에 서겠다는 다짐만은 포기하지 말자고 수없이 다짐하여 오늘까지 달려왔습니다.

제**7**화 "야! 예식장 취소했어"

아내와는 연애 7년 차에 결혼 준비를 하기 시작했습니다.

제 형사 생활도 경찰 입직 7년 차부터 시작되었는데, 아내는 갑자기 변화된 제 직장생활에 멘붕이 왔고 결혼식을 얼마 남기지 않고, 제가 지방에서 잠복 중일 때 형사와는 도저히 결혼을 못하겠다며 예식장을 취소했다는 문자를 보내왔습니다.

장난인 줄 알고 예식장에 전화를 해보니, 정말로 취소가 돼 있었습니다.

예식장 매니저님께 아내가 화나서 그런 거니 다시 예식장을 다시 잡아달라고 하였더니, 위약금 30만 원을 내야 한다고 했습니다.

매니저님께 솔직히 말했습니다. 제가 강력형사고 지금 지방에서 잠복 중이며 아내가 화가 많이 나서 그런 거니 위약금 없이 어떻게 좀 안 되겠냐고 사정을 하였더니, 매니저님은 자신의 남편도 경찰관이라며 위약금은 안 받을 테니 아내를 잘 달래주라고 하셨습니다.

아내는 강력형사와는 결혼을 못 하겠다고 하였지만, 서로 다투기도 하고 응원도 해 주면서 지금도 잘 살고 있습니다.

제8화 범인의 단서와 악몽

　저는 어려서부터 악몽을 꾼 적이 없었습니다. 평소 낙천적인 성격인 탓도 있고, 술 한잔 마시고 자면 아침까지 푹 자는 타입이었는데 몇 년 전부터 가끔 악몽을 꾸기 시작했습니다.

　영화나 드라마 속 형사는 마치 무속인처럼 정말 기가 막히게 단서를 찾아내고 범인을 잡아내지만, 현실의 형사는 그렇지 못하며 아무것도 없는 상태에서는 어떤 베테랑 형사라도 사실 별수가 없습니다.

　범인이 현장에 남긴 조그만 단서를 찾고 그 단서를 계속 연결지어 추적하면서 범인에게 가까이에 다가간다고 보시면 됩니다. 그리고 그게 직업이니 교육과 훈련을 통해서 그 단서를 찾아내는 능력을 키워가는 겁니다.

형사 생활에 적응을 하고 언제부턴가 '다른 형사가 놓친 범인은 내가 잡아도, 내가 놓친 범인은 누구도 못 잡는다'는 각오로 범인을 쫓기 시작했는데, 그때쯤부터 동료들에게 '선수'라는 말을 듣기 시작하였고 제 악몽도 그때쯤부터 시작되었습니다.

수사기간은 짧을 수도 있지만 몇 개월이 걸릴 수도 있습니다. 범인이 흘린 단서들을 쫓아가면서 찾은 단서들을 계속 연결 지어 범인에게 다가가다가,
어느 순간 단서가 끊긴다거나, 범인을 잡을 결정적 단서로 확신했던 단서가 무용지물이 될지도 모른다는 불안감을 느끼게 되면⋯.
그날 밤에는 희한하게도 악몽을 꾸게 됩니다.

그전에 식은땀을 흘리며 악몽을 꾸는 제가 보기 안쓰러워 한두 번은 아내가 저를 깨워준 적이 있었는데, 잠을 깬 저에게 아내는,

"왜 그래, 범인 못 잡을 거 같아?"라고 물었습니다.

제9화 형사와 연애

강력형사에게는 출근 시간만 있고 퇴근 시간은 없다는 말이 있습니다. 매월 나오는 근무표가 있지만, 그것은 단지 월급 산정을 위한 표일 뿐, 출퇴근 시간은 전적으로 수사 일정에 달려있습니다.

초짜 형사 시절에는 조장님이 정해주는 시간이 제 출퇴근 시간이었는데, 퇴근 시간을 모른 채 근무를 한다는 게 여간 힘든 게 아니었습니다.

형사 생활은 저뿐만 아니라 제 애인(현 아내)도 마찬가지로 힘들어했습니다.

애인과의 연애 7년 차에 강력팀에 들어갔었고, 7주년을 맞아 저녁을 함께하고자 대학로의 근사한 레스토랑을 한 달 전에 예약했습니다.

혹시 몰라서 기념일 전날 조장님에게 내일이 애인과 기념일이라고 저녁에 식당을 예약해 놨다고 얘기를 하였더니, 조장님은 걱정하지 말라고 하셨습니다.

다음 날 아침 출근을 하였는데 조장님께서 오토바이 날치기범의 은신처를 찾아냈다면서 바로 분당에 잠복 나가게 장비를 챙기라고 지시를 하셨습니다.

분당으로 향하는 차 안에서 불안한 마음에 혹시 조장님이 제 기념일을 잊으셨는지 물었더니, 1~2시간 안에 잡을 수 있으니 걱정 말라고 하셨습니다.

아침부터 시작된 잠복은 오후 6시까지 계속되었고 저는 조장님에게 대학로 식당 예약이 7시라고 얘기를 하자, 당신은 계속 잠복을 할 테니 퇴근하라면서 지하철을 타고 가면 늦지 않을 거라고 하셨습니다.

잠복 차에서 내릴 수가 없었습니다.

둘의 잠복은 다음 날 새벽까지도 계속되었고, 그로부터 12시간이 지난 06시쯤 은신처에서 나오는 범인을 검거하여 경찰서로 돌아오니 09시... 다시 출근 시간이었습니다.

애인은 그로부터 일주일간 제 전화를 받지 않았습니다.

2003년 속초에서

제10화 용의자X

(영화 시나리오 감수)

영화 시나리오의 감수 작업은 범죄 수사물 영화의 경우 영화속 배우들이 수사하는 장면을 실제 현실에서 수사하는 모습과의 차이를 최대한 줄이는 작업이라고 보시면 됩니다.

10여 년 전 일본 영화 '용의자X의헌신'의 리메이크작인 '용의자 X'의 영화 시나리오를 감수했었습니다. 누구도 깰 수 없는 완벽한 범죄 알리바이를 만드는 천재 수학자와 그것을 깨려는 형사의 대결 속에 사랑이라는 요소가 가미된 영화입니다.

'용의자'란 단어는 범인으로 의심되는 부정적인 의미의 단어이며 어느 누구라도 수사기관으로부터 용의자로 지목받기는 싫을 것입니다. 하지만 영화 속에는 인간의 생명을 빼앗는 살인이란 범죄 사건

속에 절대 불변의 가치인 '사랑'이라는 의미를 가볍지 않게 녹여냈습니다. 그래서 일본 영화 제목 뒤에는 용의자와는 어울리지 않는 '헌신'이란 단어가 붙었나 봅니다.

작가님들께서는 지인 분의 소개로 저희 경찰서 형사과에 방문을 해 주셨는데, 작가님들은 저를 만나기 전에 이미 저보다 형사 경력이 화려한 두 분의 베테랑 형사님들을 만나셨고 제가 세 번째로 만난 형사라고 하셨습니다.

작가님들은 먼저 저에게 일본의 추리소설 작가인 히가시노 게이고 작가가 쓴 '용의자X의 헌신'이란 소설과 일본 영화를 본 적이 있냐고 물으셨습니다. 제가 아직 못 봤다고 얘기를 하자, 그러면 시나리오 감수 작업이 끝날 때까지는 일본 소설이나 영화를 보지 말아 줄 것을 당부했습니다.

며칠 후 작가님과의 두 번째 미팅 때 묵직한 두께의 시나리오를 받았습니다. 영화의 시나리오는 처음 보는 거라 신기하고도 하였고, 감수라는 작업이 한편으로는 설레기도 했었습니다.

당시에는 아직 배우들 캐스팅되지 않아서 누가 범인 역이고 누가 형사 역인지 전혀 몰랐었습니다.

시나리오 작업을 마치고 1년 정도가 지났지만, 영화가 개봉한다는 소식은 없었습니다. 솔직히 궁금하기도 했지만 작가님에게 전화해서 영화가 언제 개봉하냐고 물어보기도 좀 그랬었고, 들기로는 영화는 제작이 되다가도 엎어지는 경우(제작 중단)가 잦다고 하여 속으로는 '영화 제작이 중단됐나...'라고 생각을 하고, 저도 업무에 바빠 시나리오를 감수했었다는 것도 잊은 채 지냈습니다.

2년이 지나서 어느 사건 현장에서 수사 중일 때 작가님으로부터 영화가 곧 개봉을 한다는 전화를 받았고, '민범 형사역'을 조진웅 배우님께서 하신 것을 알게 되었습니다.

영화를 리메이크하면서 원작에는 없던 형사 배역이 추가되었고, 시나리오를 쓰신 이정희 작가님과 공주 작가님께서 저를 보시고 캐릭터 모델을 잡은 게 조진웅 배우님께서 연기하신 '민범' 형사였습니다.

세 번째로 만난 형사로 경력이 가장 짧았던 저였지만, 아마도 작가님들이 머릿속으로 그려 놓은 '민범 형사'의 이미지와 제가 가장 비슷하여 저에게 시나리오의 감수를 요청하셨던 게 아니었나 합니다.

영화가 개봉되었을 때 아내와 함께 영화를 보러 갔었는데... 영화를 보는 동안 아내는 여러 번 민범 형사가 저와 비슷하다는 얘기를 했었습니다.

영화 속에서 범인의 중요 단서를 발견한 조진웅 배우님께서 "지금부터는 (범인과 나 둘 중에) 누가 먼저 쓰러지느냐, 그 싸움이거든"이란 대사를 하시는데, 그 말이 실제로 제가 수사를 할 때 입버릇처럼 쓰는 말입니다.

제11화 누가 먼저 쓰러지느냐

"○○○에게서 문자가 왔었어요. 자기가 나를 불었으니까, 곧 형사 늘이 들이닥칠지 모르니 피하라구요"

몇 년 전 일반인들에게 필로폰을 판매한 마약 판매책을 1년이 넘 도록 쫓았었습니다.

마약을 투약한 남자는 초범이었는데 제게 조사를 받을 때 선처를 바라면서 자신에게 마약을 건네준 판매책의 이름을 진술했습니다.

점조직으로 철저히 상하 관계를 숨긴 채 활동하는 마약조직의 밀 행성을 감안할 때 상선인 판매책의 이름이 투약인에게 그리 쉽게 나온 건 이례적이었습니다.

문제는 저에게 얘기를 하기 전에 판매책에게 오늘 경찰서에 가서

다 불 테니 도피하라고 먼저 알려주었다는 데 있었습니다. 투약자에게 왜 판매책에게 알려주었냐고 물어보니, 보복이 두려워서 자기도 살기 위해 어쩔 수 없었다고 했습니다.

판매책은 연락을 받은 날부터 은신처를 옮기고 타고 다니던 차를 시작으로 휴대폰, 신용카드 등등 모두 다 바뀐 게 며칠 지나지 않아서 확인되었습니다. 그와 형 동생 하는 지인은 판매책이 '내가 경찰 머리 위에서 노는 사람이야, 그 짜식들은 절대 나 못 잡아'라는 말을 종종 했다고 했습니다.

수사착수 순간부터 저는 판매책이 누군지를 알고 추적을 시작하고, 판매책은 제가 자신을 쫓기 시작한다는 것을 알고 도피를 시작한 케이스였습니다.

하지만 둘의 시작이 같다는 것은 추적에 있어서는 전혀 다른 의미였고, 저에게는 상당히 불리한 상황이었습니다.

막연히 내가 저지른 범죄가 경찰에 발각되었을 가능성이 있어서 경찰이 나를 쫓을 수도 있다는 것과, 발각된 것이 확실하고 어느 경찰서의 어느 부서에서 나를 쫓고 있다는 것을 알고 도피하는 것은 하늘과 땅 차이라서,

판매책은 다른 부서도 아닌 강력팀에서 자신을 쫓고 있는 것을 알고 아예 작정을 하고 도피를 했기 때문입니다.

마약 사건뿐 아니라 폭력 죄종의 여러 사건으로 교도소를 들락날락거린 판매책은 어떻게 하면 경찰의 추적을 피하는지 저에게 보란 듯이 종적을 감추었습니다. '내가 너보다 한수 위야, 숨는 데는 자

신 있거든, 그러니 한번 찾아봐'라고 하는 조롱처럼 느껴졌습니다.

　다각도로... 정말 다방면으로 녀석이 흘린 단서를 찾으려고 온갖 노력을 했지만, 쉽사리 꼬리가 잡히지 않았습니다. 녀석을 쫓았을 때가 악몽을 가장 많이 꿨었던 거 같고, 아내는 "당신이 이렇게 힘들어하는 거 보니까, 그 아저씨 진짜 프로네"라고 하면서 아내는 지금도 그 판매책의 이름을 기억하고 있습니다.

　하지만 6개월간의 끈질긴 추적 끝에 녀석이 제3금융권... 그러니까 캐피탈보다 이율이 더 센 소규모의 대부업체에 대출금이 있다는 것을 알아냈고, 대부업체 건달들을 통해 녀석의 애인의 집을 찾아낼 수가 있었습니다.

　그런데 진짜 프로였는지 저희가 녀석의 애인 집 주변에서 잠복에 들어갔을 때, 그렇게 조심했음에도 불구하고 녀석은 귀신처럼 저희의 잠복을 눈치채고는... 이번에는 애인까지도 버리고 다시 종적을 감추었습니다.

　저희가 반년의 공을 들여 힘들게 찾은 추적 단서는 단 한순간에 소실되었고, 5일에 한 번씩 돌아오는 당직근무 때마다 계속해서 사건이 들어오기 때문에 녀석의 사건에만 집중할 처지가 못 되었을뿐더러, 1명의 범인을 쫓는데 반년이 넘어가자 저희 수사팀도 지쳐가기 시작했습니다.

　수사기간이 1년이 넘어가자 같은 팀 동료들마저도, 모두가 힘드니까 이제 그만 수사를 중단하고, 잠시 쉬었다가 다시 시작하는 게 어떻겠냐고 얘기를 할 정도였습니다.

저는 선배님들에게는 누가 될까 봐, 일단은 그렇게 하겠다고 얘기를 해놓고... 반대로는 추적에 더욱 열을 올렸습니다. 그리고 18개월 하고도 며칠이 지난날... 저도 생전 처음 듣는 북한에서 가장 가까운 동네라는, 38선 바로 아래 동네의 어느 허름한 원룸텔에서 녀석을 체포할 수 있었습니다.

구속을 코앞에 둔 판매책은 제게 조사를 받을 때, 신문 3회인 마지막 조사가 끝나갈 때쯤에 "젊으신 분이... 형사님 정말 대단하시네요, 그동안 힘들게 해서 미안합니다"라며 쓸쓸한 내심의 한마디를 건넸습니다.

죽을힘을 다해 도피 중인 단 1명의 피의자를, 죽을 힘을 다해 추적한 1년 반 동안의 기록을 얼마 후에 '추적수사기법'으로 정리하여 전국의 수사관들과 공유를 하였습니다.

제가 영화 '용의자X'의 시나리오를 감수했었다고 얘기를 해 드렸는데요. 영화를 보시면 '민범 형사'역의 조진웅 배우님께서 범인의 중요 단서를 발견한 후에 후배 형사에게 이렇게 말하는 대사가 있습니다.

"지금부터는 나와 범인 둘 중에, 누가 먼저 쓰러지느냐... 그 싸움이거든"

제12화 "이번이 두 번째예요. 신고해도 잡지도 못하면서"
(신고되지 않은 금은방털이미수 사건)

당직 날 다른 사건의 현장에서 수사 중일 때 파출소에서 전화가 걸려왔습니다. 새벽에 누군가 금은방 유리창을 깨고 들어오려다 미수에 그쳤는데, 금은방 사장님께서 이상하게도 경찰에 신고를 하지 않겠다고 한다는 것이었습니다.

전화를 끊고 급히 금은방에 도착을 하니 파출소 경찰관과 경비업체 요원이 밖에서 얘기를 하고 있었고, 사장님은 가게 안에 있었습니다.

우선 CCTV를 돌려봤습니다. 모자에 마스크를 쓴 한 용의자가 돌멩이로 창문을 있는 힘껏 2번 내려쳤는데, 다행히 강화유리라 유리가 깨지지 않았던 것이었습니다. 유리창을 자세히 보니 돌멩이에 긁힌 자국이 보였습니다.

저는 금은방 안에 앉아 계시는 사장님에게 다가가 "사장님, 신고를 해 주셔야 저희가 수사를 하고 범인을 잡지 않겠습니까"라고 물었더니, 사장님은 "피해도 없으니까 귀찮게 하지 말고 그냥 가세요"라고 퉁명스럽게 말을 하셨습니다.

그래서 저는 약간 짜증 난 말투로 "그럼 경찰은 뭐하러 부르셨어요?"라고 물었더니, 사장님은 경찰은 자기가 부른 게 아니라 경비업체가 부른 거고, 5년 전에 자신의 금은방이 털려서 경찰에 신고를 했는데 범인도 못 잡았고 담당 형사라는 양반은 연락도 한 번 없었다면서, 그때 손해를 몇천만 원을 봤다면서... 신고해봐야 귀찮기만 하고 잡지도 못할 테니 그냥 돌아가라고 하셨습니다. 사장님의 말투에서 경찰을 불신하고 계심이 고스란히 느껴졌습니다.

근데 저는 사장님에게 그 말을 듣고 나서야 누군가가 제 머리를 한 대 때린 것처럼 '아~!'하고 그 사건이 기억이 났습니다. 5년 전에 사장님의 금은방이 털렸었고 다른 팀에서 수사를 했는데 결국에는 범인을 못 잡고 미제사건으로 남은 사건이 떠올랐습니다.

경찰을 못 믿겠다며 사장님의 손에 등 떠밀려 쫓겨나듯이 금은방을 나온 저희 수사팀은 사무실에 들어와 신고가 접수되지 않은 '금은방털이 미수 사건'을 어떻게 처리할지를 두고 회의를 했는데 의견이 분분했습니다.

저는 사장님의 신고가 없더라도 지금 즉시 수사에 착수하겠다고 했습니다.

하지만 다른 선배님들은 피해자의 진술이 없기 때문에 범인을 잡더라도 검사가 기소를 할 수 없는... 그러니까 유죄 판결을 받을 수 없는 이 사건의 수사에 돌입하는 것에 반대했습니다. 일선 강력팀은 많은 사건에 치이기도 하지만 강력형사라고 하더라도 쉬는 날도 없이 계속 일만을 할 수는 없기 때문에 5명으로 꾸려진 강력팀의 수사력을 각 사건에 적절히 분배를 하는 것 또한 중요했기 때문입니다.

선배님의 말씀도 틀린 말은 아니었지만, 저는 이 사건이 비록 유리가 안 깨져서 미수에 그쳤지만 단 한 건이라도 터지면 큰 재산 피해가 발생하는 사건이고 연쇄 범죄일 가능성에 무게를 두고 다른 사건들은 잠시 미뤄두고 이 사건을 수사하겠다고 피력했습니다. 그리고 나중에 제가 꼭 사장님을 설득해서 어떡해서든 피해 진술을 받아내겠다고 우겨서 저희 팀은 바로 용의자의 추적을 시작했습니다.

특수절도미수 범행모습 CCTV

돌멩이로 내리쳤음에도 유리가 깨지지 않고 오히려 시끄러운 비상벨 소리에 놀라 도망친 용의자의 이동경로를 일주일간 끈질기게 추적하여 용의자가 경기도 ○○시의 모텔에 들어가고 모텔비를 카드로 결제한 것을 확인했습니다.

그런데 용의자는 1명이 아닌 4명이었고, 이들은 금은방을 털자고 공모를 하고 계획을 짰으며 사전에 털기 쉬운 금은방을 물색하였고, 실행 행위를 할 때에는 주변에서 망까지 본 이들은... 이번에는 실패했지만 다음에는 실수 없이 금은방을 털겠다며 또 다른 계획을 짜고 있었습니다. 1명에 의한 단독범행이 계속된 수사에 의해 4인조 금은방털이 사건으로 규모가 커지게 된 겁니다.

자 이제는 모텔에서 쓴 카드가 누구 것인지를 밝혀내고 체포영장을 발부받아 일망타진을 하면 되는데, 정작 문제는 그때까지도 금은방 사장님의 피해 진술을 받지 못했다는 것이었습니다.

사건에 있어서 피해 진술은 가장 중요한 요소인데, 얼마나 중요하냐면... 범인이 자백을 하고 범행 증거가 CCTV에 전부 녹화되어 있으며 모두가 그 용의자가 범인이라는 것을 다 알고 있더라도... 피해자의 진술이 없으면 검사는 범인을 기소를 할 수가 없으며, 판사는 유죄 판결을 내릴 수가 없습니다.

신속히 수사에 착수하여 연속된 추적으로 또 다른 범행을 모의 중인 범인들의 바로 코 앞까지 다다랐지만 정작 범인들을 잡더라도 법적 처벌을 못하게 될 상황에 직면하게 된 겁니다.

이 사건은 제가 선배들의 반대에도 불구하고 수사를 진행하였기 때문에, 용의자들을 검거하기 전에 저는 어떡해서든 금은방 사장님을 설득하여 피해 진술을 받아야 했습니다.

경찰을 불신하시어 신고를 하지 않겠다던 금은방 사장님에게 불안한 마음을 안고 전화를 걸었습니다. "사장님, 김형사입니다. 가게에 계시죠. 제가 좀 찾아뵙고 할 얘기가 있어서요"라고 했더니, 오히려 사장님께서는 저에게 경찰서를 찾아가려던 참이었다고 하셨습니다.

사장님께서는 경비업체에서 작지만 흠집이 난 유리창에 대해서 피해를 보상해 주겠다고 연락이 왔는데, 보상을 받기 위해서는 경찰에 사건이 접수된 '확인서'를 경비업체에 제출해야 한다고 하셨습니다. 그런데 적극적으로 찾아와 수사를 해주겠다는 경찰들을 못 믿겠다고 내쫓듯이 돌려보낸 터라... 이제 와서 다시 신고 접수를 해달라고 하기가 민망하다고 하셨습니다.

저는 '사건사실확인서'를 출력해서 금은방에 찾아갔습니다. 확인서를 사장님에게 드리면서 이미 사건을 접수해서 수사 중이니 그런 걱정은 하실 필요 없다고 하면서, 금은방에서 사장님과 커피 한잔을 마시면서 예전에 있었던 사건과 이번 사건에 대해 대화를 나누고 사장님의 자필 진술서를 받아 금은방을 나올 수 있었습니다.

늦게나마 피해 진술이 확보되었고, 이를 근거로 신청한 압수수색 영장과 체포영장이 모두 발부되어 며칠 후에 범인들을 모두 검거하여 일망타진할 수가 있었습니다. 그리고 이들이 털려고 계획한 다음 범행 대상인 금은방은 다행히 피해를 예방할 수가 있었습니다.

사건 수사를 마무리하고 얼마 지나지 않아 사장님에게 전화가 걸려왔습니다. 사장님께서는 범인들이 선임한 변호사 사무실에서 합의를 봐달라는 전화가 왔는데 합의를 봐주어도 되겠냐는 것이었습니다. 저는 피해 변상을 받으시면 합의를 해 주시는 것도 괜찮을 것 같다고 답해 드렸습니다.

시간이 흘러 관내를 순찰하던 중에 사장님의 금은방에 들렸습니다. 사장님께서는 미소로 커피를 한잔 타 주시면서 바쁘더라도 자주 좀 놀러 오라고 하셨습니다.

사장님께서는 5년 전 어느 날 갑자기 금은방이 털려 큰 손해를 입으시면서 당시에 힘든 시기를 겪으셨고 결국에는 그 범인을 잡지는 못했지만, 이번 사건을 겪으면서... 경비업체와 범인들에게 받은 금전적 보상은 불과 200만 원 남짓이었지만, 관내의 주민들을 위해 범인을 잡겠다며 열심히 뛰어다니는 모습을 보여준 저희 수사팀을 보면서 5년 전의 울분과 슬픔을 조금이나마 잊을 수 있었다고 하셨습니다.

제13화 피의자와 아들

10년 전 형사팀에서 근무했었을 때의 이야기입니다.

 형사팀은 파출소와 지구대에서 들어오는 여러 사건을 처리하는 부서로 죄종 중에서는 폭행 사건이 가장 많습니다. 경찰서의 형사팀은 사건의 피해자나 피의자가 파출소에서 순찰차를 타고 경찰서에 도착하여 형사당직실로 신병이 인계되면 이들의 조사를 하고 사건의 수사를 마무리하는 수사팀입니다.

 그날은 불타는 금요일로 사건이 가장 많은 바쁜 날이었는데, 당시 아내는 임신 중으로 만삭이었습니다.

 아내가 저녁때쯤 배가 아프다고 하여 일단 근처에 계신 어머님에게 아내에게 빨리 가보시라고 전화를 하고 나서, 팀장님에게 아내의 출산으로 조퇴를 해야겠다고 얘기를 하고 있는데... 갑자기 4~5건의 사건이 한꺼번에 밀려들어왔습니다.

그날은 엄청 바쁜 날로 팀원들이 잠시 눈 붙일 시간도 없이 24시간을 꼬박 밤을 새워야 하는 날이었는데, 팀장님께서는 들어온 사건은 신경 쓰지 말고 병원에 빨리 가보라고 하셨지만, 제가 1건만 처리하고 가겠다고 하여 그중 가장 경미한 폭행 사건 1건을 받았습니다.

신속히 피해자 조사를 끝내고 술이 거나하게 취하신 피의자이신 중년의 어르신의 조사를 시작하려는데, 어르신은 피해자분을 때리셨냐는 제 질문에 'X새야~, X놈아~'하시며 때린 적도 없는데 경찰들이 자신을 강제로 순찰차에 태워 경찰서로 끌고 왔다면서 욕만을 하셨습니다.

조사가 길어질 것이 예상되었고 조금이라도 빨리 조사를 마치고 가보려고 하던 저는 병원에 조금은 늦게 가게 될 것을 예감하였습니다.

제 질문을 듣지도 않는 어르신에게 저는 계속 추궁을 하고, 어르신은 저에게 계속 욕만을 하시면서 1시간이 흐를 때쯤에 어머님에게 걸려온 전화를 받았더니, 며느리가 지금 애 낳는데 왜 빨리 안 오냐며 역정을 내셨습니다.

어머님과의 전화를 끊고 다시 조사를 시작하려는데, 어르신은 두 손으로 책상을 짚으시고는 모니터와 프린터 사이로 얼굴을 제 쪽으로 살며시 내미시며 "내가 그 사람 때렸네, 사인하고 손도장 찍을 테니 와이프한테 빨리 가보게"라고 하셨습니다.

어머님과의 전화통화를 엿듣고 그러시는 것 같아서 저는 미간을 살짝 찌푸리면서 통명스러운 말투로 "인정하시면 벌금 나와요"라고 하였더니, 어르신은 얼굴을 조금 더 제 쪽으로 내미시며 "어흠~ 때렸으니 벌금 나오겠지"하셨고 저는 서둘러 조사를 마치고 아내가 있는 병원으로 갈 수 있었습니다.

조사가 거의 끝나고 어르신은 제가 출력한 조서를 받으시고는, 어르신께서는 제가 준 조서를 읽지도 않으셨으면서 다 읽었다며 거짓말을 하시고는 정말... 정말 아주 신속하게 조서 맨 끝의 '더 할 말이 있나요'라는 문항에 자필로,

'내 손주도 1살이네, 득남하시게'라고 쓰셨습니다.

아들과 함께

제 14화 첫 교도소 출장

부산교도소

강력팀에 들어간 지 1달이 채 안 되었을 때였습니다. 조장님께서
내일은 교도소에 수감 중인 범인의 조사를 간다고 하셨습니다.

저는 그때가 교도소에 들어가는 게 처음인지라 뭔지 모를 기대가
되었고, 조사는 조장님께서 하신다며 내일 새벽 5시에 출발하니 늦

지 않게 출근하라고 하셨습니다.

　운전대를 잡고 출발을 할 때까지도 흥분은 가라앉지 않았습니다. 12시가 다 되어 부산교도소 앞에 도착하였는데 접견시간에 쪼들려 김밥천국에서 라면으로 간단히 점심을 때우고 교도소에 처음으로 들어갔습니다.

　수감자의 조사를 마치고 교도소를 나와 오후 5시쯤 다시 서울로 출발하는 운전대를 잡았습니다. 그날은 날씨가 무지 좋은 금요일이 었는데 사람들이 나들이를 많이 나와서인지, 서울로 돌아가는 고속 도로는 명절날의 귀성길 정체로 의심될 만큼 정체가 심하여 경찰서 에는 새벽 1시가 넘어서야 도착했습니다.

　　.....

　소주 한잔이 절실히 생각났지만, 그날이 또 당직 근무라 잠을 잘 수 있는 시간이 얼마 없었고, 아침에 일찍 출근을 해야 해서 최대 한 빨리 집에 가서 잠을 자야 했습니다.

　첫 교도소 출장이었는데... 기억나는 것은 하루 종일 운전한 기억 밖에 없었고, 화물차 기사분처럼 운전이 직업이신 분들의 노고를 느낄 수 있었던 하루였습니다.

　서울에서 부산까지 왕복 14시간의 운전이었는데, 당시 저희 팀 수사차량은 파워핸들도 아니었고 기어도 잘 들어가지 않던 수동이 었습니다ㅜㅜ

제 **15** 화 데이트폭력과 신변보호 요청

(연인간 범죄)

몇 년 전 '절도미수' 사건의 고소장이 우편으로 경찰서에 접수되었습니다.

고소인은 30대 여자분이셨고 도둑이 들어오려 한 집은 저희 경찰서 관내인 서울 도봉구였는데, 이상한 것은 고소인의 집이 경기도 ○○시라는 것이었습니다.

이튿날 고소인분은 피해 진술을 하러 경찰서에 찾아오셨는데, 혼자서 온 것이 아니라 부모님, 그리고 친오빠와 함께 오셨습니다.

조사를 시작하기 전 가족분들과 면담을 해보니, 주로 아버님께서 말씀을 하셨는데 매우 흥분하셔서 집에 침입하려던 사람은 딸(고소인)의 헤어진 남자친구라고 하셨습니다.

사실 강력팀에는 고소장이 거의 들어오지 않습니다. 고소장을 쓰려면 상대방이 누구인지 알아야 하는데 강력사건의 대부분은 범인이 누군지를 모르기 때문입니다. 그래서 저는 이번 사건이 단순한 절도 사건이 아닐 것이란 예감이 들었습니다.

아버님의 말씀은 이러했습니다. 따님은 대학을 나와 지방에 있는 중견기업에 입사하여 열심히 일하여 지금의 자리까지 올랐다고 했습니다. 젊은 시절 일에 빠져 연애도 제대로 못하다가 조금은 늦은 나이에 지금의 남자친구를 만나게 되었는데, 그 남자친구에게 사업자금으로 돈을 빌려주면서 남자친구와 자주 다투게 되었고 그제서야 남자친구가 폭력 성향이 있다는 것을 알게 되었다고 했습니다.

빌려준 돈은 보통 직장인의 연봉 정도의 큰돈이었는데... 그 돈을 안 받는다는 조건으로 헤어지기로 하였음에도 따님이 전화를 받지 않고 만나주지 않자, 주말에 부모님의 집에 내려와 있는 딸을 만나겠다며 주택 담에 올라 2층인 딸방의 창문을 열려고 했다는 거였습니다.

가족들은 남자친구가 딸에게 상습적으로 폭언을 하고 심지어 딸의 직장에까지 찾아와 난리를 쳐서 딸의 직장생활에도 큰 피해를 주었다며 흥분한 상태였지만, 유독 따님만은 평온을 유지하고 있었습니다.

가족들을 물리고 따님과 단독 면담을 하였는데, 따님은 헤어진 남자친구를 고소할 생각까지는 없었다고 했습니다. 남자친구에게 이별을 통보한 후, 한 달 동안 괴롭힘을 당했고 그 사실을 안 아버님과 오빠가 남자친구를 직접 만나 설득해보려 했지만, 남자친구는 오히려 가족들에게 따님이 자신을 가지고 놀았다며 도리어 화를 냈다고 했습니다.

따님은 아직도 사랑했었던 감정이 남아있었지만, 남자친구가 회사에 찾아와서 난동을 부린 후에야 고소를 결심했다고 했습니다. 그 난동은 따님에게 있어 창피함을 넘어서 회사에서의 입지를 위협할 수준의 난동이었고 아무것도 잃을 것이 없는 남자의 최후의 발악 같은 것이었습니다.

회사에서의 난동은 어떻게 수습하였는지 물어보니, 직장 동료들이 업무방해로 112에 신고를 하였고 경기○○경찰서에서 수사중이라고 했습니다.

우선 따님의 신변보호를 결정을 하였습니다. 남자친구가 언제 또 따님을 찾아와 위협을 할지 몰랐기 때문이고, 제가 남자친구에게 출석요구를 할 경우 여자친구가 자신을 고소한 사실을 알게 되기 때문입니다.

이 사건을 어떻게 처리할지를 두고 저희 수사팀은 회의를 하였고, 다수의 범죄가 복합된 데이트폭력 사건으로 모든 사건을 병합하여 처리하기로 하여 경기○○경찰서의 업무방해 사건도 이송받아 제 사건에 병합을 하였습니다.

따님의 진술과 휴대폰에 남아있는 여러 증거들로 범죄의 증명이 가능한 폭행, 협박, 사기, 업무방해 그리고 마지막에 저희 수사팀에 접수된 주거침입까지 5개 죄명의 증거를 확보한 다음, 저는 남자친구에게 출석요구를 하기 위해 전화를 걸었습니다.

그런데 전화를 받은 남자친구의 대답은 이러했습니다. "저는 잘못한 게 없으니까 경찰서에 안 갑니다. 그리고 ○○이가 나를 고소했다는 겁니까? 제가 오히려 더 피해를 봤는데... 어처구니가 없네요, 우린 아직 연인 사이예요, 헤어지지 않았어요. 그리고 당신도 우리 사이에 간섭하지 마세요. 만약에 간섭하면 경찰이라도 제가 가만히 안 있습니다"

남자친구는 출석요구를 하는 제 전화를 받을 때 극도로 흥분한 상태였고, 제 전화를 끊고 당장이라도 여자친구를 만나러 가겠다는 태세였습니다.

저는 남자친구에게 출석요구를 하는 날을 미리 따님에게 알려드렸고, 따님은 그날에 맞추어 휴가를 내고 부모님의 집에 내려와 있었습니다.

오전에 출석요구를 한 그날 저녁에 남자친구의 체포영장이 발부되었고, 저희 수사팀은 남자친구가 분명히 따님을 만나러 부모님 집으로 찾아올 것이라 예상을 하고 부모님 집 주변에서 잠복 중일 때 집 앞에 나타난 남자친구를 체포하였습니다.

남자친구는 체포를 당할 당시에는 격렬히 반항을 하면서 자신의 잘못 보다는 여자친구를 원망하는 진술을 하였지만, 그동안 있었던 일들에 대해서 3차례에 걸친 조사와 연이어 발부된 구속영장을 보여주자 조금씩 자신의 잘못을 뉘우치기 시작했습니다.

남자친구는 구속이 된 이후에야 따님에게 빌려 간 돈의 일부를 돌려주고 가족들에게 사죄를 하였으며, 따님이 도장을 찍어 준 합의서를 저에게 제출했습니다.

이 사건은 연인간 범죄인 데이트폭력 사건으로 신변보호부터 체포때까지 신속히 수사가 진행되었는데, 남자친구가 출석요구에 응하지 않고 수사에 비협조적인 태도가 오히려 수사진행의 속도를 더욱 빠르게 하였습니다.

저는 따님께서 남자친구에게 합의서를 써 줄 것이란 것을 예상하고 있었습니다. 대부분의 데이트폭력 사건은 피해자분들이 처벌의사를 끝까지 가져가기가 힘들기 때문입니다.

남자친구는 합의서와 여러 요소가 참작되어 구속된 지 한 달 만에 집행유예로 풀려났고, 구치소에서 나와 집으로 가지 않고 바로 경찰서로 저를 찾아왔습니다.

남자친구는 저에게 "형사님, 우리 사이를 이렇게 법으로 떨어뜨려 놓으시니 속이 시원하십니까?", 그리고는 "제가 또 ○○이를 찾아가면 어떻게 됩니까?"라고 물었습니다.

저는 남자친구에게 당신이 집행유예로 나온다고 해서 ○○씨는 이미 경찰에서 신변보호 중이니 찾아가서 만날 생각은 꿈에도 꾸지 말고, 지금 집행유예로 나온 것만도 그나마 다행인데, 다음에는 징역형을 피할 수 없을 거라고... 그리고 "자네는 멍청한 남자야, 이미 맘이 떠난 여자한테 부린 그 집착이 여기까지 왔잖아. 이제는 그만 잊고 다시 일상 생활로 돌아가 새롭게 시작하도록 해"라고 말해주

없습니다.

그 이후 남자친구는 ○○씨를 찾아가지 않았습니다.

출소한 날 경찰서에서 마지막으로 남자친구를 만나고 경찰서 정문을 나가는 그 친구의 뒷모습을 보면서, 과거와 달리 연인간 범죄에 이제는 경찰이 적극적으로 개입하는 것이 당연한 시대임을 다시한번 생각했습니다.

서울도봉경찰서

제16화 여형사가 나를 좋아한 이유

몇 년 전에 다른 경찰서에서 여형사가 전입 왔습니다. 당시 우리 경찰서 형사과에는 여형사가 없었는데, 형사과 전체 회의 자리에서 당당히 자기소개를 하는 모습에 한눈에도 형사로서의 자부심과 강한 근성을 가지고 있음을 알 수 있었습니다.

그 친구는 다른 경찰서에 있을 때는 여청팀(여성·청소년 범죄 수사팀)에서 외근형사로 성폭행 사건을 주로 수사했다고 했습니다.

저와는 다른 팀이었는데 언젠가 여형사팀의 인원이 부족하여 제가 하루 그쪽팀에 지원근무를 나간 적이 있었습니다.

그 여형사와 형사의 삶과 수사에 대해 이런저런 얘기를 한참을 하였는데, 후배에게 하나라도 더 알려주고 싶은 마음에 수사기술에 대한 얘기를 많이 해주었습니다.

의미 있는 대화를 나누고 근무시간이 끝나 저희 팀으로 돌아갈 때쯤, 갑자기 선배인 저에게는 하고 싶은 말이 있다고 했습니다.

그 친구가 이전 경찰서에 있을 때 몇 날 며칠을 추적하면서 꼭 잡고 싶었던 성폭행범이 있었는데... 그 범인을 끝내 잡지 못하여 결국 미제사건으로 남기고 우리경찰서로 오게 되었다고 했습니다.

그 친구에게는 가슴에 남겨진 사건을 털어놓고 고민을 나눌 누군가가 필요한 듯 보였고, 아주 잠시 지원근무를 나와 짧은 대화였지만, 타 경찰서에서 같은 팀 선배도 아닌 저에게 가슴 한켠에 묻혀둔 얘기를 어렵게 꺼낸 거였습니다.

저는 범인의 범행수법을 물어봤습니다. 밤에 여자 혼자 사는 집에 창문으로 몰래 들어가 성폭행을 하고 증거를 싹 치우고 도망간다고 했습니다. 범인이 어떻게 생겼냐고 물으니, 그 친구는 자기 휴대폰에 저장된... 가슴에 사무쳐 차마 지우지 못한 범인의 뒷모습이 찍힌 흐릿한 CCTV 사진 한 장을 저에게 보여주었습니다. 그러면서 자신의 실력이 모자라 잡지 못한 거 같다며, 그래서 수사를 좀 더 배우기 위해 형사과에 지원했다고 했습니다.

저는 그 친구의 얘기를 들으면서 사실은 그 범인이 누군지 알고 있었습니다.

그 범인은 한 달 전에 제가 절도범으로 잡아 구속시킨 범인이었습니다. 원래는 성폭행 사건이었는데 피해자분은 수치심에 신고할 때 차마 성폭행당한 부분은 말하지 못하였고, '야간주거침입절도' 사건으로 신고되어 저희 팀에서 맡아 수사를 하게 되었던 사건이었습니다. 추적 단서를 지우면서 도주하던 그놈을 쫓으면서 고생했던

65

기억이 떠올랐습니다.

범인을 체포하였을 때 제 휴대폰으로 찍은 사진을 보여주니 그 친구는 깜짝 놀라면서 흥분하여 범인이 지금 어디 있냐고 물었고, 저는 ○○교도소에 있다고 대답해 주었습니다.

드라마 시그널의 차수현 형사를 닮은 그 여형사는 현재 모 지방청 광수대(2021년 광역수사대는 '강력범죄수사대'로 명칭이 변경되었습니다)에서 국민을 위해 열심히 뛰고 있습니다.

제17화 여성 대상 주거침입 사건

(경찰수사의 패러다임의 변화)

당직 날 관내에서 절도 사건이 발생했습니다. 누군가 몰래 집에 들어와 부모님에게 받은 용돈이 든 현금봉투를 훔쳐갔다는 신고였습니다.

사건을 받고 피해자의 집에 임장하여 자세한 피해 경위를 물어봤습니다.

피해자분은 생일날 부모님으로부터 받은 돈 봉투를 침대 옆 화장대 서랍에 넣어놓았는데, 이틀 후에 보니까 돈봉투가 없어졌다고 했습니다. 그러면서 누군가 집에 들어와 돈봉투를 가져갔다는 것인데, 이틀 사이에 집안이 흐트러져 있지도 않았고 누군가 집에 들어온 흔적도 없었다면서 더욱 소름 끼친다며 몸을 부르르 떠셨습니다.

20대 초반의 여성이신 피해자분에게 누구와 함께 사냐고 물어보니, 1년 전부터 독립을 하여 이 빌라 2층에 혼자 살고 있다고 했습니다.

우선 CCTV를 보기로 했는데, 빌라는 오래된 건물로 CCTV가 없어서 구청에서 설치한 빌라 주변 골목길에 설치된 방범용 CCTV를 돌려봤습니다. 하지만 빌라와 멀리 떨어져 있는 CCTV로는 이틀 동안에 골목길을 다니는 많은 사람들 중에서 용의자로 의심되는 사람을 도저히 찾아 낼 수가 없었습니다. 피해자분의 집 주변에만 유독 CCTV가 없었고 범인은 이를 노리고 범행한 것으로 보였습니다.

CCTV로는 아무런 단서를 찾을 수 없어서 바로 주변 탐문을 시작하였습니다. 범행 현장 주변에서의 주민들을 상대로 탐문을 하였고 탐문 이틀째 저녁쯤에 한 대의 순찰차가 제 앞에 서더니 순찰차에서 내린 후배 경찰관에게 졸지에 불심검문을 당했습니다.

후배인 박순경은 저에게 "아휴~ 선배님이셨군요. 조금 전에 거동이 수상한 사람이 주택가 골목길을 서성인다는 112신고가 떨어졌어요. 주민분이 선배님을 보시고 신고했네요. 여하튼 선배님 패션은 너무 범죄자 스타일이세요"하고는 멋쩍게 철수를 하였습니다. 음~ 주민들 눈엔 제가 충분히 그렇게 보일 수 있고... 사실 종종 있는 일이었습니다ㅜㅜ

순찰차가 떠나고 이어진 탐문 중에 피해자의 옆집 할아버지로부터 의미 있는 얘기를 들을 수 있었습니다.

늦은 저녁 막걸리를 한잔 기분 좋게 걸치시고 집에 들어오시는 옆집 할아버지에게 "할아버지, 경찰서 형사예요. 옆집에 도둑이 들었는데요. 최근에 골목길에서 수상한 사람 보신 적 있으세요?"하고 여쭤보았더니, 할아버지는 한겨울의 군밤장수 빵모자를 쓰고 있는 저를 보시고는 "형사 양반, 자네가 더 도둑처럼 생겼구먼, 허~ 허~" 하시면서 도둑은 모르겠고 한 달쯤 전에 어떤 남자가 옆집을 기웃거리는 것을 봤다고 하셨습니다.

할아버지는 그 남자에게 "자네는 첨 보는 청년인데, 어느 집을 찾아왔노?"하고 물으니, 그 남자는 손으로 머리를 긁적이며 "친구가 이사를 와서요. 친구를 만나러 왔는데 집을 못 찾겠네요. 헤~ 헤~" 하고는 간 적이 있다고 하셨습니다. 그 남자의 인상착의를 물어봤지만, 할아버지께서 기억하시는 것은 20대 정도의 남자이고 신고 있던 운동화가 붉은색이었다는 것 정도였습니다.

할아버지의 얘기를 듣고, 순간 머리에 번개를 맞은 것처럼 '번쩍' 거렸고, 구청에서 골목길 주변 CCTV를 돌려봤을 때 붉은색 운동화를 신고 골목길을 지나가던 한 남자의 모습이 떠올랐습니다.

곧장 구청 CCTV관제센터로 달려가 이틀 동안의 녹화영상을 돌려보니, 이틀 모두 붉은색 운동화를 신은 남자의 모습이 보였고, 그 중 둘째 날의 영상에서 남자는 피해자의 집을 가운데 두고 양쪽 골목길을 통과했는데, 남자가 걷는 속도로 봤을 때 5분 정도의 시간이 비었습니다. 그러니까 5분이면 피해자의 집에 들어가서 돈을 훔쳐 나오고도 남을 시간이었습니다.

드디어 용의자로 의심되는 한 남자를 찾았는데, 형사로서의 촉이 그는 단순 도둑이 아니라 여자를 목적에 둔... 절도가 아니라 성범죄 사건이라고 얘기를 하고 있었습니다.

용의자의 도주로를 계속 추적하여 그의 인적사항을 밝혀낼 단서를 찾아냈고, 며칠 후에 용의자가 누구인지를 밝혀냈습니다. 그리고 과거 전과를 조회했더니 강간과 강제추행의 전력이 있었습니다. 침입절도 사건에서... 이제부터는 성범죄 사건으로 수사방향을 선회하여 용의자의 성범죄를 증명할 증거들을 차례로 수집하기 시작했습니다.

하지만 절도보다 그 목적을 입증하는 게 더욱 어려운 수사였고 확보한 CCTV는 용의자가 피해자의 집 주변에 있었을 뿐, 그 집에 들어갔다는 것을 증명하지는 못할뿐더러, 만약에 여자의 집에 침입하였다는 용의자의 자백을 받아내더라도... 절도 사건보다 형량이 훨씬 높은 성범죄 목적의 주거침입 범죄의 자백을 받아내기는 더욱 어려울 것이 예상되었습니다.

만약 용의자가 범행을 끝까지 부인하게 될 경우에는 간접증거로만 밀어붙여 그것을 증명하기에는 어려움이 따르는 상황이었고, 체포 이후 용의자에게 변호사가 붙을 경우 변호사의 방어를 어떻게 깨내야 할지 까지를 생각하면서 수사를 진행하여야 했습니다.

형사가 사건을 수사하여 범인을 잡고 유죄판결을 받아내지 못하면 그것은 분명히 실패한 수사일 것입니다.

용의자에 대한 증거수집이 끝나고... 며칠 후에 그의 주거지에서 용의자를 체포하였고, 범행을 부인하던 용의자는 명확히 확보된 증거들 앞에서 범행 일체를 자백할 수밖에 없었으며 정당한 법적 처벌을 받을 수 있었습니다.

　과거 경찰은 살인, 강도, 납치 등 강력사건을 중요사건으로 분류하고 수사에 총력을 기울여 왔습니다. 하지만 시대가 변함에 따라 여성 혼자 거주하는 1인 가구가 늘어나고 이를 노리는 범죄가 늘어남에 따라 한편으로는 예방 경찰활동을 늘이고, 다른 한편으로는 이러한 여성 집의 엿보기, 스토킹, 주거침입 사건을 강력사건으로 분류하여 경찰력을 총동원하는 추세로 변화하고 있습니다.

도봉구 주택가 일대

저는 용의자가 여성의 집에서 훔친 돈봉투를 버리지 않았을 것이라고 확신했습니다. 그리고 체포영장을 발부받을 때 용의자의 집을 수색할 수 있는 압수수색영장을 함께 발부받았습니다... 용의자의 인적사항을 특정하고 수사가 한참 진행 중일 때 여성분은 저에게 전화를 하여 "형사님, 이 말은 꼭 해야 할 거 같아서요. 없어진 봉투 안에 현금과 함께 제 어린 시절 사진 1장이 들어있었어요"라고 말했습니다.

용의자의 집 앞에서 3일간 잠복을 하였고 집에 귀가하는 그를 체포하였을 때... 그의 집안을 샅샅이 뒤져서 끝내 숨겨놓은 도난당한 봉투를 발견했고, 현금은 없었지만, 여성분의 어린 시절 사진은 봉투 안에 그대로 들어있었습니다.

제18화 SNS를 하기로 결심하다.

  예전부터 필드에서 뛰고 있는 형사가 자신을 공개하고 방송이나 SNS활동을 하는 것은 금기시되는 '룰' 같은 것이었습니다. 제가 검거하였던 그들로부터 가족이 보복을 당할 우려가 있으며, SNS활동으로 여러 문제가 발생할 가능성이 있기 때문에 저 또한 같은 생각이었습니다.

  그리고 형사들 사이의 그 룰은, 이미 발생한 범죄에서 피해자와 범인의 중간에 서 있는 담당 형사가, 자신이 수사한 사건을 입 밖으로 내는 것은 부적절하다는 룰입니다. 담당 형사의 말 한마디가 아직까지도 상처를 잊지 못한 피해자분이나, 이미 처벌을 받아 일상으로 돌아가서 생활하는 범인, 둘 모두에게 큰 상처를 줄 수 있기 때문입니다.

  범죄 사건의 수사에는 담당 형사만이 아니라 여러 경찰관들이 사건의 수사에 참여를 하지만, 다른 경찰관도 아닌 사건의 전부를 알고 있는 단 1명인 담당 형사가, 사건의 내용에 대해 외부에 언급하는 것은... 수년, 수십 년이 지난 사건으로 사건 관계자들에게 의도

치 않게 또다시 피해를 줄 수 있기 때문입니다.

그래서 형사라는 이름으로 SNS 활동을 시작할 때, 할지 말지에 대하여 몇 날 며칠 동안 많은 고민을 하였고 쉽사리 결정을 내리지 못했습니다.

그럼에도 결심을 할 수 있었던 것은 강력형사와 제 이름을 걸고 하는 경찰 홍보와 범죄예방 활동에 동료들과 가족의 응원이 있었기 때문입니다.

국민에게 신뢰와 사랑받는 경찰이 되는데, 그리고 보이스피싱 등의 범죄를 예방하는데에 조금의 보탬이라도 된다면, 저를 공개하는 게 그리 큰 일도 아니라 생각했습니다.

페이스북에 올린 사진

제19화 형사처럼 안 생겨 죄송합니다

파출소에서 근무할 때에는 경찰서에 있는 형사들을 보면 같은 경찰이면서도 무언가 멋있어 보였습니다.

당시에 제가 강력팀에 지원해 볼까 생각 중이라고 하니, 동료들은 저에게 응원보다는 "거기 장난 아니게 힘들데, 그걸 뭣하러 하려 하냐, 승진 공부나 하지"라는 얘기를 더 많이 했습니다.

지금은 강력팀의 분위기도 예전에 비해 많이 유해지긴 했는데, 제가 형사과에 지원서를 냈을 때만 해도 선후배 사이의 위계질서는 정말 대단했습니다.

일례로 조장님께서 "수고했어, 들어가 봐"라고 퇴근을 시켜줘야 집에 갈 수가 있었으니까, 밖에서는 보이지 않는 강력팀 내의 군기는 제가 예상한 것을 훨씬 뛰어넘었고, 어찌 보면 직장 생활이고 공무원 사회인데... 우리조직 안에 이런 말도 안 되는 부서가 있다는 게 참으로 놀라웠습니다.

당시 저희 경찰서 강력팀에는 진짜 기라성 같은 형님들이 여러 분 계셨습니다. 또 형님들은 한 분 한 분이 개성이 정말 뚜렷하셨는데, 제가 가장 닮고 싶었던 형님이 당시에 강력3팀에 계셔서 발령 때마다 그 팀에 들어가려고 제 딴엔 나름 애를 썼었던 게 기억이 납니다.

각 경찰서에는 강력팀마다 강력형사의 '족보'를 이어가는 형사가 한 두 명씩 있습니다. 저희서에서는 그 형님께서 그 족보를 이어가고 계셨습니다.

처음 강력팀에 발령받은 날 조장님을 따라 각 팀의 사무실을 돌아다니며 선배님들에게 첫인사를 드릴 때, 그 형님은 저를 보고 대뜸 "얘는 여자처럼 생겨서 형사하겠나..."라고 하셨습니다.

당시 선배님들은 뜨거운 여름철에도 흑백 고양이가 그려진 니트 티에 무거운 금목걸이와 금팔찌, 통 좁은 기지 바지에 일수가방을 들고 다니셔서 누가 봐도 조폭 아니면 형사라 오해할 만한 외모를 가진 형님들이 많으셨습니다.

5년이 지나서야 제가 닮고 싶어 했던 그 형님과 한 팀이 될 수가 있었습니다. 한 팀이 되어 회식자리에서 형님에게 "형사처럼 안 생겨서 죄송해요"라고 했더니, 형님은 괜찮다면서, "요새는 근성 있는 동생이 드물어, 일 좀 갈켜 놓으면 힘들다고 도망가니까, 너도 금방 도망칠 줄 알았지"하시며 제 술잔에 소주를 따라주셨습니다.

　지금은 모 경찰서 강력팀장으로 계신 그 형님의 별명은 '조사자'였습니다...

　'조폭 저승사자'

2021년 서울도봉경찰서 강력4팀

제20화 이대우 형사

2009년 형사를 막 시작했을 때 동대문구 휘경동에 있는 경찰수사연수원(현재 충남 아산시 소재)에서 이대우 형사님에게 소매치기범 수사 강의를 들은 적이 있습니다.

그때 이형사님을 처음 뵈었었고 그 이후로도 만난 적이 없습니다. 이형사님은 교실에 들어오셔서 소매치기범을 소제로 한 '무방비도시

'란 영화를 잠시 틀어주신 후 첫 교시를 시작하셨습니다.

3시간 강의가 끝나갈 무렵에 이형사님은 교육생들에게 질문을 하나 던지셨습니다.

"여러분들은 어떤 형사가 진짜 형사라고 생각하세요?"

연수원의 교육생들은 모두 전국의 경찰관서에서 근무 중인 형사와 수사관들이고 필드에서 직접 뛰고 있는 경찰관들입니다. 하지만 갑작스럽고 뜬금없는 질문에 교육생들이 서로를 쳐다보며 눈만 껌벅거리고 있으니까, 이형사님은 이렇게 얘기를 해 주셨습니다.

"저는 피해자가 흘린 눈물까지도 닦아줄 수 있어야 진정한 형사라고 생각합니다. 오늘 수고들 하셨습니다"

―――――

보통 수사라는 업무는 파트너인 선배님을 따라다니면서 배우게 되고, 형사가 수사를 할 때 가지게 되는 마음가짐(저희는 '형사마인드'라고 부릅니다)도 그 선배님과 비슷하게 형성되게 됩니다.

저는 이형사님과 같이 근무를 한 적이 없고 일을 배운 적도 없습니다. 하지만 13년 전 연수원에서의 소매치기 강의 3시간은 그 이후로 저의 경찰관으로서의 생활과 형사마인드 형성에 많은 영향을 주었던 것은 분명합니다.

제21화 '가슴은 뜨겁게, 머리는 차갑게'
(서울·경기권 영세상인 동네조폭 사건)

얼마 전 다른 팀의 후배가 사건기록을 가지고 저희 사무실을 찾아왔었습니다.

후배는 제게 수사기록을 보여주면서 "형님 바쁘시죠. 기록 한 번만 봐주세요. 피의자가 이 아저씨예요. 몇 년 전에 형님한테 걸려서 구속된 ○○○이요"

체포영장 신청서의 이름을 보니 ○○○이었고, 서울과 경기도 전역에서 영세상인들을 상대로 돈을 뜯어가던 '동네조폭', 그 남자였습니다. 동네조폭은 지역 주민들을 대상으로 상습적으로 폭력을 휘두르는 범죄자를 뜻합니다.

몇 년 전 파출소의 친한 선배님께서 안마방에서 돈을 도난당했다는 신고를 받고 출동했는데 아무래도 신고한 남자가 수상하다는 첩보를 받았습니다. 선배님은 그 남자가 돈을 도난당했다고 허위로 신고를 해 놓고는, 그 명목으로 안마방 사장님에게 합의금조로 돈을 뜯어간 것 같은데 이를 증명할 증거가 없다고 하셨습니다.

저는 범인의 과거를 살펴봤습니다. 전과가 상당히 많았는데, 유독 특이한 점이 사건처리 결과가 무혐의와 공소권 없음으로 끝난 사건이 또 많다는 것이었습니다.

폭행 사건은 상호 합의가 되면 공소권이 없게 되고, 사기 사건의 경우에는 범인이 사기를 쳤다는 고의를 입증하지 못할 경우 형사사건이 아닌 민사사건으로 변질되기 때문에 처벌이 불가능하게 됩니다.

그에 대해 대략 알아보니 법을 잘 이해하고 법의 테두리 안에서 선을 넘지 않고 범죄를 저지르는 범죄꾼의 냄새가 물씬 풍겼고, 저는 즉시 범인의 내사에 착수했습니다.

가장 먼저 범인에게 합의금을 주었다는 관내의 안마방 여사장님을 만나 얘기를 들어보려 했지만, 여사장님은 형사인 저를 피하셨습니다. 아마도 긁어서 부스럼을 만든다고 이미 합의금을 주고 끝낸 일을 다시 들춰내고 싶지 않으셨을 테고 피해를 당한 것을 진술하더라도 범인이 처벌될 가능성이 적었으며, 혹여 신고를 이유로 보복을 당할지도 모른다는 두려움 때문이셨을 겁니다.

내사 초기부터 삐걱대기 시작한 건데... 안마방 사장님이 저를 피할 것이란 것과 만약 또 다른 피해를 당하신 사장님들을 찾게 되어도 그리 쉽게 피해 사실을 제게 얘기해 주지 않을 거란 것 정도는 이미 예상을 하고 있었습니다.

범인의 범행 수법은 주로 유흥업 계통의 업소에 손님으로 들어가 갖가지 방법으로 시비를 걸면서 업소의 약점을 잡고 돈을 뜯어내는 방식이었는데 돈을 뜯기는 사장님들은 업소의 약점 때문에 경찰에 도움을 요청할 수 없는, 그런 류의 범죄로 사건이 발생하여도 수사 기관에 발각되거나, 인지하기가 어려운 암수범죄였습니다.

저는 범인의 통화내역과 ○○기록, □□내역을 발췌하여 세 가지를 맞춰가면서 관내의 안마방... 그러니까 범인이 제게 포착된 그날부터 시간 역순으로 과거의 행적 역으로 타고 올라가기 시작했고, 차츰 범인이 들린 업소들을 하나둘씩 찾아낼 수 있었습니다.

범인의 범행대상은 동네의 작은 식당부터 시작해서 노래방, 주점 등등 업종을 가리지 않았으며, 내사를 시작한 지 한 달이 조금 넘어 네 번째로 찾은 업소가 강남구의 모 안마방이었는데... 이때부터 사건의 물꼬가 트이기 시작했습니다.

이 사장님도 여성분이셨는데 업소 앞에 주차된 저희 수사차량 안에서 만났습니다. 처음에는 제가 범인의 이름을 말하자 사장님은 몸을 부르르 떠시며 범인에 대해서는 말하기도... 생각하기도 싫다고 하셨지만,

저는 영세업소의 약점을 잡아 돈을 갈취하고 업소를 단속당하게 하고 협박의 도구로 경찰을 악용한 그런 나쁜 놈을 그대로 두게 되면, 지금 이 순간에도 범인이 또 다른 영세업소를 찾아가 돈을 뜯어가고 있지 않겠냐고, 그런 놈을 가만히 놔두면 안 되지 않겠냐고 하면서 수사에 협조해 달라고 설득을 했습니다.

하지만 사장님은 저에게 "형사님도 경찰이시잖아요. 그 범인이 나쁜 놈인 건 맞죠, 그치만 전 솔직히 형사님도 못 믿겠어요, 이게 제 밥벌이인데 신고했다고 범인이 저희 가게에 다시 찾아와 보복하면 어떡해요. 형사님도 법대로 밖에 못하시는데 솔직히 저를 보호해주실 수 없잖아요!!"라고 되물으셨습니다.

분명 사장님 말씀도 틀린 말은 아니었습니다. 대한민국의 어떤 최고의 베테랑 형사가 오더라도 사장님의 불안과 두려움을 완벽히 해소해줄 수 없는 게 현실이고 그게 또 현실의 법이었기 때문이었고, 그건 사장님보다 제가 더 잘 알고 있었었습니다.

전 사장님에게 어떤 거짓말도 하지 않고 있는 그대로의 제 수사계획을 말씀드리고 제가 알고 있는 법적 지식과 경찰의 영향력을 총동원해서라도 사장님은 지켜드리고 범인은 꼭 교도소에 보내겠다고 다시 설득을 하였습니다.

이 사건의 성격상 재판정까지 가게 되면 범인은 자신의 소행이 법 위반 자체가 아니며 돈거래와 관련된 것은 민사문제라고 주장할 것이 뻔했기 때문에, 범인의 범죄를 증명하기 위해서는 그가 잡고 있는 사장님의 약점... 바로 사장님의 불법행위가 다른 사람도 아닌 사장님의 입을 통해 나와야 한다는 전제조건이 깔려있는 그런 사건 이었습니다.

짙게 선팅된 수사차량 안에서 잠시의 정적이 흐른 후... 사장님은 저를 한번 믿어보시겠다면서 범인에게 당한 일을 찬찬히 진술하시기 시작하셨습니다.

수사차량 안에서 노트북으로 사장님의 피해 진술을 3시간이 넘게 조서로 작성하면서 듣고 있는데, 타자를 치는 내내 가슴이 답답해지고 화가 치밀어 오르기 시작했습니다.

그 범인은 영세상인이 법적 보호를 받지 못하는 틈을 파고들어 가 법을 악용하고 심지어 경찰을 이용하여 사장님의 돈을 뜯어 간 것뿐만이 아니라, 국가가 시민을 보호하지 못하고 악인의 손에 공권력이 놀아나는... 사장님의 입에서는 그런 영화에서나 나올 법한 이야기가 흘러나오고 있었습니다.

피해 진술을 마치고 진술조서를 출력하여 사장님에게 틀린 곳이 있는지 읽어보시라고 하고 저는 차에서 내려 담배 한 개비에 불을 붙였습니다.

범인의 악행에 피가 거꾸로 흘렀지만, 그가 무죄를 받기 위해 제 수사에 어떻게 대응하고 반격할지를 계속 생각해야만 했기에... '가슴은 뜨겁게, 머리는 차갑게'라는 형사의 수사 명언을 되새기며 담배연기 한 모금을 내뿜고 흥분된 가슴을 조금 가라앉히고 있을 때,

사장님은 차의 창문을 조금 여시고는 제게 이렇게 말을 하셨습니다. "형사님, 근처에 ○○업소 사장님도 그놈한테 당했는데요, 그놈

때문에 결국에는 폐업하고 작년에 고향인 부산으로 내려갔거든요, 같은 상인회라 제가 연락처를 아는데 전화 한번 해 볼까요?"라고요.

폐업을 하시고 부산으로 내려가셨다는 사장님은 어찌 보면 한참이 늦었지만 제가 범인을 처벌하기 위해 수사를 진행한다는 얘기를 들으시고는, 다음날 KTX 첫차를 타고 저희 경찰서에 찾아와 주셨습니다.

이로써 2명의 피해자를 확보하였고, 그 이후부터 확인되는 서울과 경기도 지역의 다른 업소들의 사장님들에게 앞서 용기를 내어 피해 진술을 해 주신 두 분 사장님의 얘기와 까다로운 수사임에도 열정적인 모습을 보이는 저를 보시고 한 분 두 분 진술을 해 주시기 시작했습니다.

내사부터 시작하여 수사로 전환한 후 다섯 달에 걸친 수사 끝에 상습공갈 혐의로 체포영장을 발부받아, 영등포의 모 고시원에서 범인을 체포하였는데, 범인은 제가 제시한 체포영장을 보고는 황당하다며 "이 체포영장 발부한 판사가 뭣도 모르는 놈이구만!! 당신 이름이 뭐라고, 김준형 형사, 그래 니가 죽나 내가 죽나 한번 해보자!!"며 당당히 호송차에 올라탔습니다.

범죄가 다수이고 내용도 많아 경찰서에의 조사실에서 범인을 상대로 상당히 긴 시간 동안 조사를 했지만, 범인은 모든 범죄사실을 전면 부인하였습니다.

다음날 범인의 구속 여부를 가리기 위한 서울북부지방법원에서 개정된 구속영장 실질심사 재판이 끝나갈 무렵 판사님은 범인에게 마지막으로 할 말이 있냐고 묻자, 범인은 "김준형 형사를 재판정 밖으로 잠시만 내보내 주십시오"라고 하였고 판사님은 그럴 필요 없으니까 그냥 말하라고 하자, 범인은 이렇게 말했습니다.

"존경하는 판사님, 김준형 형사가 업소 사장들에게 돈을 처먹었는지, 꿍짝짝을 해서 내연 관계인지도 의심스럽습니다. 저는 죄를 짓지 않았는데 지금 경찰의 표적수사에 두 눈 뜨고 당했습니다. 지금 시대가 어떤 시대인데 표적수사에 편파수사가 말이나 됩니까!! 현명하신 판사님께서 제동을 걸어주십시오"

그날따라 범인의 구속영장은 평소와는 다르게 유독 빨리 발부가 되었습니다.

여름날 아이스커피 한잔

제22화 형사와 초과수당

처음 강력팀에 들어와 한 달간의 근무표를 보고 놀라지 않을 수 없었습니다.

다른 부서의 외근 근무도 낮과 밤이 계속 바뀌고 갑자기 비상 동원되는 경우도 잦아 분명히 힘든 근무입니다. 하지만 강력팀의 근무표는 가히 살인적이었고, 더욱 놀란 건 선배님들은 이런 근무표도 아예 무시하고 일을 한다는 것이었습니다.

정해진 출퇴근 시간도 없는데 비번도 없이 출장과 잠복을 이어갔습니다. 비번에 주말도 반납하고 지방에 있는 범인의 은신처 앞에서 잠복 중일 때...

하도 궁금해서 조장님에게 "이렇게 일하면 수당은 많이 나오겠네요?"라고 물었더니, 조장님께서는 "넌 돈 안 주면 범인 안 잡을 거야, 피해자분이 그런 생각을 가진 니가 담당 형사라면 엄청 슬프겠지"라며 저를 꾸짖으셨습니다.

당시에는 강력팀에 '초과근무수당 지급제도'가 없었습니다.

저는 비번날 나와 일을 하는데 수당이 없다는 사실에 한 번 더 놀랐습니다. 그리고 퇴근시간 이후에는 수당이 없었고, 오히려 조장님과 저는 밥값에 기름값 등 개인 돈을 쓰면서 범인을 쫓고 있었습니다.

연말연시 특별 형사활동 중에

제23화 범인에게 가까워질수록...

처음에는 범인이 누구인지, 도대체 그 범인이 어디에 숨어있는지를 알 수가 없었습니다.

먼저 누구인지를 알아내야 했고, 그 범인이 어디 부근이라도, 서울에 있는지 부산에 있는지라도 알아야 그 부근에 가서 탐문을 하던 잠복을 하던 뭐라도 하는데... 아예 전혀 모르니 할 수 있는 건 지명수배밖에 없었습니다.

강력팀 선배님들은 범인에게 지명수배를 거는 것을 엄청 싫어하셨습니다. 그것은 결국 형사가 범인의 은신처를 못 찾아냈다는 말이었고, 추적에 실패했다는 것을 인정하는 것과 다름없었기 때문입니다.

자연히 아침에 눈을 뜰 때부터 눈을 감을 때까지 범인이 어디에 있는지만 생각하게 되었고, 어쩔 때는 꿈속에서도 그 범인을 쫓게 되었습니다.

그런 마음으로 하루하루 출근과 퇴근을 반복하니 범인을 추적하는 능력은 일취월장을 하였고 범인에게 다가가는 속도는 점점 더 빨라졌습니다.

하지만 그와는 반대로 제가 범인에게 가까이, 조금 더 가까이 다가갈수록... 제 가족과는 점점 멀어지는, 둘은 그런 아이러니한 관계에 있었습니다.

아내는 밤에 범인을 못 잡을까 봐 악몽을 꾸는 저를 보면서, 이 남자가 미우면서도 미워할 수 없는 그런 아이러니한 감정이었다고 했습니다.

CCTV 수사

제24화 협박전화
(데이트폭력, 법의 공백과 경찰)

당직 근무 날 헤어진 남자로부터 협박 전화를 받았다는 112 신고가 떨어졌습니다.

지령을 받은 관할 파출소에서 여성분이 운영하는 식당에 먼저 출동을 하였는데, 112상황실에서 전화가 걸려왔습니다. 상황실에서는 "김형사, 방금 떨어진 협박 신고말이야, 공청이 심상치 않아, 강력팀에서 현장에 나가서 여성분을 만나봐"라고 했습니다.

(※공청 : 112신고자의 신고 시 음성을 녹음한 파일)

저희 팀은 형사기동대 차량을 타고 급히 식당으로 가면서 공청을 들었는데, 신고를 하시는 여성분의 목소리에서 극도의 공포심이 제

몸에 그대로 전해졌습니다. 그만큼 여성분은 다급하고 초초한 목소리로 112에 신고를 하신 거였습니다.

식당에 도착하니 파출소 경찰관이 먼저 도착하여 여성분에게 신고 내용을 듣고 있었는데, 경찰관이 옆에 있었기 때문인지 다행히 여성분의 얼굴은 다소 안정된 모습이었습니다.

50대이신 여성분의 신고내용은 이러했습니다. 어느 날부터 식당에 매일 찾아와 식사를 하던 중년의 남자분이 있었는데 다정다감한 그 남자와 친해지게 되었고, 친해진 후부터는 남자는 종종 식당일을 도와주면서 사귀게 되었다고 했습니다. 그러던 중 남자는 어떤 사건으로 1년 전에 교도소를 가게 되었고 그로 인해 자연스레 헤어지게 되었다고 했습니다.

여성분은 얼마 전 기존의 식당이 있던 건물이 신축 공사를 하게 되면서 식당을 옮기셨는데 어제 저녁 무렵 모르는 전화번호로 전화가 걸려와 받았더니... 그 남자였고 출소를 하였으니 다시 만나자고 하여, 이제는 더 이상 만나기 싫다고 거절했다고 했습니다. 그런데 남자는 갑자기 '배신'이란 단어를 운운하며 화를 내고 다시 찾아간 식당이 없어졌다면서 식당을 옮겼냐고 묻기에, 여성분은 식당은 폐업을 하였으니 더는 자신을 찾지도, 전화도 하지 말라고 당부했다고 했습니다.

그런데 어제부터 계속 전화가 걸려왔고 조금 전 깜박 실수로 전화를 받았더니, 그 남자는 술에 취해 흥얼거리며 "인터넷으로 검색하니 식당 주소가 나오네... 흐흐... 기다려... 죽이러 갈 테니"라는 한 마디를 하고는 전화를 끊어버렸다며 극도의 공포에 질려있었습니다.

여성분의 휴대폰 통화내역을 보니까 밤새 100통이 넘는 부재중 전화가 걸려와 있었습니다. 팀장님께서는 직접 그 남자에게 전화를 거셨습니다. 하지만 경찰의 전화인지를 알았는지 남자는 전화를 받지 않았습니다.

상황을 종합했을 때, 현재 남자가 어디에 있는지 알 수가 없었고 남자가 식당 주변에 숨어서 저와 여성분을 지켜보고 있을 가능성과, 경찰이 철수한 이후의 상황을 담보할 수 없는 그런 상황이었습니다.

그런데 여성분은 사건 처리를 원하지 않는다고 했습니다. 그 이유는 남자에 대한 수사가 시작되면 여성분이 자신을 신고했다는 이유로, 정말로 갑자기 식당에 찾아와 경찰에 도움을 요청할 틈도 없이 무슨 일이 벌어지면 어떡하냐는 것이었습니다. 여성분의 걱정은 맞는 말이었고... 저 역시도 지금 그 남자가 어디에 있는지 몰랐기 때문입니다.

여성분에게 경찰이 제공해 줄 수 있는 모든 신변보호 조치를 해드리겠다고 하였지만, 가정폭력과 달리 데이트 폭력은 경찰수사 단계에서는 가해자와 피해자를 강제적으로 떨어뜨려 놓을 수 있는 긴급 임시조치(판사 결정문)를 할 수가 없습니다. 법이 아직까지 제정되어 있지 않기 때문입니다.

저희가 할 수 있는 모든 신변보호 조치를 마치자 팀장님께서는 저에게 어떻게 하겠냐고 물었습니다. 이 사건은 데이트 폭력 사건이지만 죄명은 '협박'으로 강력팀에서 처리하는 사건이 아니었기 때문에, 이 사건을 우리 팀에서 맡아서 수사를 하겠냐고 저에게 물으시는 것이었습니다.

저는 잠시의 망설임도 없이 팀장님께 제가 이 사건을 맡아서 처리하겠다고 했습니다. 경찰서에는 여러 부서와 수사팀들로 나뉘어 있지만, 이 사건의 현장에는 저희 수사팀이 가장 먼저 도착을 하였고 여성분의 공포와 불안함을 직접 느낄 수 있었기 때문에, 제가 사건을 맡아서 수사를 하겠다고 결심을 하면 저희 수사팀에서 수사를 하는 게 가능합니다. 이 사건은 제가 피해자의 가족도 아니고 그 밖에 수사의 공정성을 의심받을 상황도 전혀 없었습니다.

여성분을 안심시켜드리고 경찰서로 동행하여 피해자 진술조서를 작성하였는데, 피해조서를 만드는데 최대한 신경을 썼습니다. 검사님과 판사님은 현장에 오지 않고 피해자를 직접 만나지 않기 때문에 현장감이 떨어질 수밖에 없고, 이런 협박 사건은 현장 상황을 서류로만 접하기 때문에 더더욱 현장감이 떨어질 수밖에 없습니다. 조서는 소설이 아니지만, 수사서류를 읽으실 때 현장 상황과 여성분의 공포감을 제가 느낀 것만큼 검사님과 판사님에게 그대로 전달될 수 있게끔, 그 상황이 그대로 눈앞에 그려질 수 있도록 조서 작성에 만전을 기했습니다.

신속히 체포영장을 만들어 수사기록을 들고 직접 검찰청으로 갔습니다. 기록을 들고 검사님을 찾아가 영장이 빨리 발부되어야 하는 이유를 설명드리고 검사님으로부터 영장 청구서를 받아, 다시 수사기록을 들고 법원 영장계에 가서 접수를 하고 의자에 앉아서 영장이 발부되기를 기다렸습니다. 판사님은 사건의 공정성 때문에 검사님과는 다르게 제가 직접 만날 수가 없어서 영장이 발부될 때까지 영장계에서 기다릴 수밖에 없습니다. 중간 중간에 영장계 직원에게 혹시 영장이 발부되었냐고 물으면서 기다렸고 다행히 판사님도 체포영장을 빨리 발부해 주셨습니다.

다음날 아침 저와 파트너는 경찰서로 출근하지 않고 여성분의 식당으로 출근했습니다. 여성분은 밤에 잠을 제대로 못 주무신 듯 보이셨고, 신고를 했을 때부터 아직까지는 남자에게 전화는 걸려오지 않았다면서... 저에게 혹시 남자가 어디에 있는지 아냐고 되물었습니다.

남자가 사용한 휴대폰은 외국인 명의의 대포폰으로 확인되었는데 그 위치가 지방이었습니다. 여성분에게 남자는 멀리 지방에 있다고, 그래서 걱정하지 말라는 말을 드리려고 우리가 식당으로 출근한 거라고... 당분간은 식당으로 출근을 하고 밥도 식당에서 먹을 거라고 말씀드렸습니다. 그제야 여성분은 안심을 하시며 제가 얘기한 그 지방이 그 남자의 고향이라고 들은 적이 있다고 하셨습니다.

그리고 식당에서의 며칠 간의 잠복 중에 여자를 만나러 온 남자를 체포하였고 남자는 변호사를 선임하여 조사는 변호사님의 참여

하에 진행이 되었습니다. 남자는 여성을 죽이겠다는 말을 하기는 했지만 화가 나서 순간적으로 한 말일뿐, 실제로 죽일 생각은 없었다고 진술했습니다. 그러면서 화나서 한마디 한... 이런 남녀 간에 말다툼한 사건을 왜 강력팀에서 처리하냐면서 오히려 저에게 신경질을 내면서 여성분과 무슨 관계냐고 되물었습니다.

조사가 끝나갈 때쯤... 변호사님은 저에게 구속영장을 신청할 거냐고 물으시기에 구속영장을 신청할 거라고 말을 하였더니, 변호사님은 "말 한마디뿐인 이런 협박 사건을 강력팀에서 맡아서 수사를 하는 것도 이례적이고, 불구속이 아닌 구속수사를 한다는 것도 이례적인데, 김형사님 경찰에서 너무 무리를 하시는 거 같습니다"라고 말하셨습니다.

그런데 구속영장을 치겠다는 제 말을 들은 남자는 저를 노려보면서 "형사님, ○○이 잘 지키세요. 나 풀려나면 무슨 일 일어날지 모릅니다"라고 하기에, 저는 "풀려나면 무슨 일이 일어납니까?"라고 물으니 남자는 알 수 없는 미소를 지으며 "글쎄요"하며 말끝을 흐렸습니다.

다음날 남자의 구속영장이 발부되어 변호사님에게 통보를 해주자, 변호사님은 깜짝 놀라면서 영장이 발부된 사실을 믿지 못하겠다고 하셨습니다. 맞습니다. 저 역시도 말 한마디 뿐인 단순 협박 사건의 피의자에 대해서 구속수사를 하겠다고 수사방향을 잡고 수사를 하면서 영장이 기각될 가능성이 크다는 것을 누구보다 잘 알고 있었습니다.

다행히 구속영장은 발부되었고, 자신의 행동이 중한 범죄임을 깨우친 남자는 여성분에게 다시는 연락을 하지 않는다는 조건으로 작성된 합의서를 저에게 제출을 하면서 사건은 마무리가 되었습니다.

법의 테두리 안에서 업무를 처리해야 하는 경찰관으로 이러한 사건을 처리하면서 가정폭력과 크게 다르지 않은 연인 간 범죄인 데이트 폭력 사건임에도 임시조치나 가해자에 대해서 가중 처벌할 수 있는 법이 없어 엄중히 처리하지 못하는 벽에 부딪힐 때도 있지만... 국민께서는 법을 넘어서 사회 정의를 실현시키기 위해 노력하고 피해자를 진심으로 보호해줄 수 있는 그러한 경찰을 원하실 것입니다.

2021년 3월 24일 '스토킹 범죄의 처벌 등에 관한 법률(스토킹처벌법)'이 국회 본회의를 통과하였습니다.

일선에서 연인간 범죄인 데이트폭력 등과 같은 스토킹 범죄를 수사하면서, 가정폭력과 달리 관련 특별법이 없어서 피의자를 엄중히 처벌하지 못하였었고, 무엇보다도 중요한 피해자의 보호에도 공백이 있다는 점을 경찰관으로서 항상 느껴왔습니다.

스토킹은 피해자에게 심각한 피해를 일으키는 명백한 범죄 행위임에도 불구하고, 현행법상 마땅한 처벌 규정이 없어 살인이나 성폭행 등의 더욱 심각한 범죄로 이어져 왔습니다.

'스토킹 특별법'은 스토킹이란 범죄를 정의하고, 피해자 보호를 위한 가해자의 긴급 응급조치(즉시 접근금지 조치)와 사안에 따라 가해자의 유치장·구치소에의 유치까지 가능해졌으며, 스토킹 행위에 대한 가해자의 처벌 수위를 중범죄로 인식하고 경각심을 일깨울 수 있을 정도로 일반 형사사범 이상으로 높였습니다.

이번 법률이 제정됨에 따라 살인, 성폭력 등 강력 범죄로 발전할 수 있는 사전 신호격인 스토킹 범죄에 대해서 경찰에서 적극적으로 대응할 수 있는 법적 근거가 마련되었습니다.

그리고 법률 공포 후 6개월 후인 '올해 10월경'부터 시행 예정에 따라, 경찰에서는 [스토킹 범죄 대응 지침과 매뉴얼 수립]을 위한 TF팀을 가동하여 법률 제정 취지에 따라 피해자 보호 수단을 마련하는 등 선제적으로 대응할 예정입니다.

제25화 도둑보다 더 도둑 같은 마음으로

(마음가짐은 외모로도 표출될 수 있다)

작년 겨울 이번처럼 많은 눈이 내리고 매서운 칼바람이 씽~씽~ 불던 날이었습니다. 영하 -10도 아래로 내려간 날씨에 시동도 틀 수 없는 차량 안에서 내복에 등산복에 스키 장갑을 끼고 두꺼운 겨울 이불 2개씩을 몸에 두르고 흐르는 콧물을 훔치면서, 은신처 앞에서 범인이 나타나기만을 기다리며 잠복에 들어간 지 삼일째 되는 날이었습니다.

그날 새벽에 은신처 앞 골목길에 그토록 기다리던 범인이 드디어 슬그머니 나타났고, 행여나 소리가 날까 봐 두 손으로 차 문을 살포시 열고 살며시 내려 까치발을 들고 조용히 범인의 등 뒤로 다가 갔습니다.

제가 바로 뒤에 다가가자 인기척을 느낀 범인이 고개를 돌려 곁 눈질로 저를 보고는 순간 "으악~" 소리를 치며 그 자리에 풀썩 주 저앉았습니다.

범인을 잡아 경찰서로 데려와 조사실에서 조사를 할 때 범인은 저를 보고 순간... 자신이 강도를 당하는 줄 알고 가슴이 덜컥 내려 앉았었다며, 제가 경찰신분증을 보여주자 그제야 안심을 했다고 털 어놓았습니다.

10여 년 전 형사를 처음 시작했을 때 여자처럼 생겨 매섭지 못하 다며 경찰서 앞 족발집 술자리에서 종종 선배님들의 놀림거리가 되 던 초짜 형사가 이제는 절도범의 눈에마저도 순간 강도처럼 보일 정도로 변하게 된 것입니다.

한겨울 어느 사건현장에서

제26화 미해결 사건이 종결되는 시점

(후배들에게 보내는 편지)

현재 경찰에서 수사하는 대부분의 사건은 수사를 끝내면 수사기록을 검찰에 보내고 있습니다.

하지만 모든 사건이 검찰로 가는 것은 아닙니다. 그중에서 범인이 누구인지를 밝혀내지 못한 사건들은 통상의 수사기간인 2개월이 지나면 미해결 사건으로 분류하여 사건을 경찰서 서고에 보관을 하고 있습니다.

이를 수사용어로는 '미제편철'이라고 하며, 쉽게 풀어서 얘기하면 '범인이 누구인지를 밝혀내지 못하였으므로, 미해결 사건으로 분류하여 범죄의 공소시효가 만료되는 날까지 경찰서 서고에 보관하는 것'입니다.

사건을 경찰서에 보관하는 이유는 추후에 범인을 밝혀낼 가능성이 있는 단서를 찾아낼 경우 다시 신속히 수사를 재개하기 위해서이며, 이는 수사의 효율성을 위한 것입니다.

이런 류의 사건은 검찰에 보내지 않는 게 국민에게는 더욱 이익입니다. 현실적으로 검찰은 수사인력도 없지만, 범인을 모르는 사건의 경우에는 언론을 타거나 사회 이슈가 되지 않는 한 검찰에서는 더 이상 수사를 진행하지 않기 때문입니다.

형사가 모든 사건의 범인을 잡아내는 것은 아니며 단서가 없으면 어떤 베테랑 형사라도 수사를 진행할 수가 없습니다. 두 눈을 크게 뜨고 현장에서 모든 감각의 촉을 세워 보이지 않는 범인이 남긴 단서를 찾아내고 그 단서를 계속 이어가며 범인을 쫓아갑니다.

통상적인 경찰의 수사기간은 2개월이지만, 범인을 잡기 위해 수개월에서 몇 년, 아니 수십 년간 업무를 끝내지 않고 계속 수사를 이어가는 형사들은 분명히 있습니다.

그래서 저는 미해결 사건이 종결되는 시점은 사건이 경찰서 창고에 보관되는 때도 아니며, 2개월이란 수사기간이 지났을 때도 아니고, 경찰 내부에서 미해결 사건으로 분류되는 때도 아니며... 바로 그 시점은 담당 형사가 범인을 잡겠다는 마음을 포기하는 그 순간이라고 생각합니다.

항상 후배들에게 사건 현장에서 단서를 찾지 못하였거나, 혹은 겨우 겨우 찾아낸 단서가 금방 끊긴다거나, 범인을 못 잡을지도 모른다는 불안감이 들더라도 쉽게 포기하지 말라고 당부를 하고 있습니다.

  하지만 수사에 있어서 포기를 모른다는 것은 어떤 측면에서는 진정한 형사로 불리기도 하지만, 그와 동시에 형사들에게는 가혹한 현실이기도 합니다.

  수사라는 업무는 사건을 해결하지 못할 경우 그 끝을 알 수가 없기도 하지만, 쉼 없이 밀려오는 사건들 속에서 형사도 분명히 체력적 한계에 부딪히고 사회생활, 그리고 가정생활이란 현실의 벽을 마주하게 되기 때문입니다.

  그래서 사람들이 영화에 나오는 열혈 형사는 현실에는 있을 수 없다고 하는지 모르겠습니다.

  저 역시도 수사를 하다 보면 힘들고 포기하고 싶은 순간이 매번 찾아오지만, 그럴 때마다 제 한쪽에는 피해자분이, 다른 한쪽에는 제가 잡아야 할 범인이 있음을 생각하며 마음을 다잡고 있습니다.

  그것이 선배님들께서 술 한잔 드시면 술안주로 항상 얘기하던 형사의 '인내와 끈기'가 아닐까 합니다.

  아마도 국민께서는 영화에 나오는 그런 비현실적인 열혈 형사가 아니라, 이러한 인내와 끈기를 가진 그런 경찰관들을 원하실 것입니다.

제27화 방화사건

2013년 어느 날 반지하 주택에 화재가 발생했었습니다. 아니 화재가 아닌 누군가가 불을 지른 방화였습니다.

도박에 중독된 수양아들이 도박 빚을 대신 갚아주지 않는다는 이유로 홀로 사시는 연로한 어머님의 주택 지하방에 불을 질러 집이 전소된 사건이었습니다.

피해자이신 할머님은 젊은 시절 자신의 결혼도 미룬 채 동네에서 뛰어놀던 고아가 안쓰러워 데려다 호적에도 올리시지도 않고 성인이 되어 독립할 때까지 뒷바라지를 하시며 키우셨습니다.

사건이 난 당시에도 할머님은 기초생활수급자이시면서 혼자 살고 계셨고, 동네에서 폐지를 모아 파시며 어렵게 생활하시던 분이셨습니다. 그나마 전 재산이라면 2천만 원짜리 작은 지하 전세방이 전부였는데, 애지중지 키운 아들이 술에 취해 도박 빚 800만 원 때문에 그 집에 불을 지른 것이었습니다.

사건이 난지 하루 만에 수양아들을 검거하여 구속을 시켰습니다. 범인을 검거하였으니 사건은 해결되었습니다. 하지만 사건을 해결한 후에야 집을 잃고 오갈 곳 없는 처지가 되신 할머님이 눈에 들어왔습니다.

할머님의 안타까운 사연을 알고 나서 저희 수사팀은 가만히 있을 수가 없었습니다. 피해자지원센터와 도봉구청, 주민센터, 종교단체, 아는 지인들... 조금이라도 도움을 받을 수 있는 곳이라면 두 발로 뛰어다니면서 문을 두드렸습니다. 지성이면 감천이라고 하였는지, 찾아갔던 대부분의 곳에서 물품뿐만 아니라 금전적 도움까지도 적극적으로 지원해 주셨습니다.

한 번은 일면식도 없었던 관내 모 케이블 방송사 지사장님을 찾아가 무작정 도움을 요청하였는데, 그 지사장님께서 "저희 방송사에서 할머님이 살아계시는 동안에는 요금을 받지 않고 무상으로 지원해 드리겠습니다"라고 즉석에서 답변해 주셨던 게 가장 기억에 남습니다.

여러 온정의 손길로 힘을 모아 잿더미가 된 할머님의 집을 새집처럼 만들어 드릴 수 있었습니다.

관내를 순찰하던 중에 삐리리~ 울리는 전화벨 소리에 전화를 받았더니, 할머님께서는 들뜬 목소리로 "형사님~, 할미 집이 새집이 되었어요. 얼른 놀러 오세요~"라고 하셔서 단걸음에 할머님의 집을 찾아갔습니다. 그리고 새로 단장한 할머님 집의 현관문을 열고 들어서던 순간의 감동은... 아마도 평생토록 잊지 못할 거 같습니다.

그날 저녁 퇴근하여 집에서 '엄마~'라는 말밖에 못 하는 1살 아들과 부인과 함께한 저녁식사 자리에서 "여보, 왜 있잖아 예전에 러브하우스라는 프로그램 말이야, 오늘 할머니 집에 가니까 그 프로가 생각나더라고"라고 하였더니, 부인은 "당신이 그토록 잡고 싶어했던 범인을 잡았을 때보다 지금이 더 기뻐하는 거 같네"라며 애교스러운 미소를 지어주었습니다.

———

며칠 전 방화 사건의 피해자이신 할머님을 찾아뵙고 왔습니다.

이번에는 파출소에서 근무하는 순경 후배와 함께 찾아갔습니다. 관내에 있어서 친하게 지내는 식당 사장님께서 선뜻 지원해 주신 쌀 한 포대와 인근 시장에서 구입한 작은 과일 한 박스를 들고 들어가니, 할머님께서는 아무것도 안 가지고 와도 된다며... 제 얼굴을 보는 게 가장 좋다고 하십니다.

제 돈으로 산 게 아니라 저번처럼 관내에서 식당을 하시는 사장님께서 지원해 주신 거라 알려드리니, 그 사장님이 누구인지는 모르겠지만 꼭 감사인사를 전해달라고 하시면서, 혼자 살고 계셔서 쌀이 가장 반갑다고 하십니다.

올해 90세이신 할머님은 다리 관절이 조금 아프신 거 말고는 아직까지도 정정하십니다. 제가 "할머님 오래오래 120세까지 사셔야 돼요"라는 제 말에, "에이, 그때까지 어떻게 사누~"하시면서 웃으십니다.

혹여나 8년 전 불을 지른... "아들은 연락 없죠?"라고 물으니, 할머님께서는 "김형사님이 이사까지 시켜주고, 지금도 이렇게 숨겨주고 있는데, 아직까지 연락 없네"라고 하셨습니다.

할머님께서는 항상 제가 다른 경찰서로 옮기지 말고 10년, 20년... 도봉경찰서에 계속 있으면 좋겠다고 말씀하셔서, "제가 할머님 살아계신 동안에는 최대한 여기 경찰서에 있어 보게요"라고 답해드렸습니다.

할머님을 뵙고 집에서 나오는데 마침 옆집에 사시는 할머님께서 대문에서 나오는 저와 후배를 보시고는 "아니~ 이 젊은 청년들은 누군고?"하고 물으시니,

할머님께서는 제 손을 꼬옥~ 잡으시면서 "내 아들이여, 아들~, 국가에서 내려준 막둥이 아들~"

모든 것 앗아 간 양아들의 방화… 잿더미서 새로 얻은 두 아들

서울신문 기사

제28화 형사, 원한다고 할 수 있는게 아닌 직업

몇 년 전 팀 회식을 마치고 팀원들 모두 얼큰하게 취한 상태로 팀장님 집에서 2차를 하겠다며 팀장님 집을 불쑥 쳐들어간 적이 있습니다.

야밤에 갑자기 들이닥쳤음에도 사모님께서는 남편의 부하직원들을 미소로 반겨주셨고,

사모님께서는 예전에는 사건이 터지면 팀장님이 며칠씩 집에 안 들어와서 경찰서 정문 앞으로 속옷이랑 양말을 갖다 준 적이 잦았다면서 "준형 씨 아내분도 경찰서에 속옷 배달해줘요?"라고 물으시기에, 저는 "아니요, 사모님 요새 그러면 큰일 나요, 이혼당해요ㅜㅜ"라고 대답했습니다.

경찰 조직은 12만 명이 넘는 인원만큼이나 각자 다른 업무를 담당하는 여러 부서로 나뉘어 있습니다.

최일선을 담당하는 파출소부터 경찰서, 기동대 등등 각 부서는 업

무 특성이 맞추어 다양하게 세분화되어 있습니다. 그리고 많은 부서 중에서 형사과, 수사과, 여청수사팀 처럼 수사파트에 근무하는 경찰관을 형사 또는 수사관이라 부릅니다.

저는 수사파트에서 업무강도가 가장 센 부서가 형사과이고 그중 단연 으뜸이 강력팀이라고 생각합니다.

업무강도가 세다는 것은 단순히 업무의 양이 많거나 근무시간이 길다는 것이 아니라, 그 업무가 개인의 생활에 어느 부분까지 영향을 미치는가 일 것입니다.

2009년 형사과 막내들로 저와 함께 형사 생활을 시작한 친구들과 비슷한 시기에 형사를 시작한 동료들은 30여 명 정도가 됩니다.

아마도 모두가 그 힘든 형사를 하겠다고 결정을 했을 때에는, 나름 굳은 결심을 했었을 테고, 결혼을 한 직원은 아내와도 깊은 상의를 하고 지원서를 냈을 겁니다.

업무가 고되거나 적성에 맞지 않아 형사를 포기하는 동료들도 있었지만, 대부분은 가정생활을 유지하는 데 어려움이 있었기 때문입니다. 요새는 맞벌이가 많고 가정에서의 아버지의 역할이 점점 커져가는데 반해서, 형사 생활은 가정과는 멀어질 수밖에 없는 구조라서 가족의 이해 없이는 형사를 계속하기가 힘들 수밖에 없습니다.

저 역시도 술자리에서 선배님에게 같은 고민을 털어놓은 적이 있었고, 형사를 하는 지금까지도 아내를 설득하고 형사 생활을 이해

해주길 바라는 논쟁의 기간이었습니다.

범인을 잡기 위해 범인에게 가까이 가면 갈수록 가족과는 멀어질 수밖에 없는 아이러니한 관계 속에서, 그동안 형사를 포기하는 동료들을 보면서 어쩔 수 없는 선택에 안타까울 따름이었습니다.

비슷한 시기에 저와 함께 형사를 시작한 동료들 중 10여 년이 흐른 지금, 저희 경찰서 형사과에 남아있는 건 1~2명 정도입니다.

그래서 형사라는 직업에는 열정과 사명감이 당연히 갖추어져야 할 테지만 여러 조건이 갖추어지고 자신이 원한다고, 하고 싶다고 스스로 결정을 하더라도... 할 수 있는 그런 직업은 아닌 거 같습니다.

관내 순찰중에

제29화 퇴직하신 선배님을 만났습니다

(수사에 있어 사수의 중요성)

현직에 계실 때 '걸어 다니는 법전'으로 불리셨던 박경태 팀장님은 일선 형사들과 수사관들이 정말 존경하는 선배님이셨는데, 저에게는 더욱 특별한 선배님이십니다.

팀장님을 만나기 전까지 제 수사스타일은 범인을 추적하고 검거하는 과정에만 집중되어 있었습니다.

팀장님께서는 제가 수사하는 모습을 보시고 "김형사, 앞으로는 수사기록을 만들 때 검사나 판사를 생각하지 말고, 변호사가 자네 수사기록을 어떻게 깰지를 생각하면서 기록을 만들도록 해"라며 팀장님으로 모시는 3년 동안 30년간의 당신의 수사 노하우를 전수해주셨습니다.

팀장님을 만난 후 제 수사스타일에는 많은 변화가 있었고, '무식하게 범인만 잘 잡는 형사'라는 이미지를 벗어내고 한 걸음 더 발전할 수 있었습니다.

현직에 계실 때는 형사들의 롤모델이셨던 팀장님은 몇 년 전에 퇴직하셨습니다.

그리고 퇴직 후에도 그 능력을 인정받으셔서 현재는 강력팀장이 아닌, 모 회사 소속의 또 다른 팀장님으로 제2의 인생을 살아가고 계십니다.

박경태 팀장님과 함께

제30화 탐정동아리

몇 년 전 어느 고등학교의 탐정동아리 학생들이 경찰서에 찾아와 주셨습니다.

훤칠한 키에 멋진 가죽 재킷을 차려입고, 차 안에서 번뜩이는 눈빛으로 은밀히 잠복을 하고, 범인의 손목에 멋지게 은빛 수갑을 채우고 나서 뒤돌아보며 살인 미소를 짓는... 드라마 속 주인공(?)이 아닌... 현실의 진짜 형사를 만나고 싶다며 멀리서 버스에 지하철을 타고 저희 경찰서까지 직접 찾아와 주신 거였습니다.

어찌 보면 삭막해 보일 수 있는 강력팀 사무실에 총~총~ 들어선 학생들에게 간단히 저희 경찰서와 제 소개를 마치고 바로 저희서 형사들이 단골로 이용하는 경찰서 바로 앞 중국집으로 향했습니다.

학교 수업을 마치고 바로 온지라 벌써 저녁시간이었고, 중국집에서 학생들의 예리한 질문에 답하면서, 짜장면에 탕수육을 먹으며 2

시간여 동안 즐거운 대화를 나눠었습니다.

질문 중에 쫓던 범인을 잡았을 때 기쁘지 않고, 슬펐던 적이 있었냐는 질문이 가장 기억에 남습니다.

수년이 지난 얼마 전 우연히 여학생과 통화를 하였는데, 벌써 대학교 3학년이고 남학생 둘은 군 복무 중이라고 했습니다.

당시에 함께 찍은 사진을 제 SNS에 좀 올려도 되냐고 물으니, 여학생은 그때 경찰서 앞 중국집에서의 탕수육이 정말 맛있었다면서... 학창 시절 좋을 추억이었다면서 흔쾌히 허락해 주셨습니다.

탐정동아리 학생들과 함께

제31화 "니가 뭐가 될지 어떻게 알고,
형은 너 믿는다"
(청소년 범죄사건)

아파트 현관문 앞에 있는 택배박스가 계속 도난당한다는 신고가 들어왔습니다.

다른 회사의 택배기사님께서도 경찰서를 직접 찾아오셔서 현관문 앞에 놓아둔 박스가 연이어 없어지고 있으시다며 하소연을 하셨습니다.

경찰서에 접수된 택배 도난 사건을 모두 취합해보니, 한 달 사이에 인근 아파트 단지에서만 도난 사건이 10건이 넘었습니다. 저는 관리사무소에 찾아가 우선 아파트 CCTV를 돌려봤는데, 용의자는 의외로 쉽사리 찾을 수 있었고, CCTV의 화면으로 봤을 때 중학생 정도밖에 보이지 않는 앳된 남학생이었습니다.

그런데 이상한 것은 의류... 그러니까 옷만 없어지고 다른 물건은 뜯어진 택배박스와 함께 대부분 계단에 버려져 있었다는 거였습니다.

탐문을 통해 용의자가 어느 중학교에 다니는지를 확인하였고, 그 학교를 찾아가 학생지도부장 선생님을 만났습니다. 형사들이 학교에 찾아온 자초지종을 들으신 선생님은 담임 선생님에게 곧바로 전화를 하셨는데, 두 분의 대화를 들어보니 얼마 전에 학생의 아버님이 돌아가셨다는 것을 알 수 있었습니다.

며칠 후 학생의 어머님은 아들을 데리고 경찰서에 출석을 하셨고, 조사실에서 어머님이 옆에 계신 채로 학생의 조사를 시작했습니다. 학생은 왜 택배를 훔쳤냐는 제 질문에 "죄송합니다"라고 대답을 하면서도 그 이유에 대해서는 말하지 않았습니다.

어머님께서는 조사가 진행되는 중간 중간에 눈물을 훔치시면서 아들이 사춘기라 그런 것 같으시다며 피해는 변상하겠으니, 아들의 처분을 좋게 해 달라고 말씀하셨습니다.

강력팀이라고 범인이 청소년인 사건을 전혀 수사하지 않는 것은 아닙니다. 가끔 피의자가 미성년자인 사건을 수사할 때마다 내내 무거운 마음은... 그것이 아무리 직업이더라도 쉽사리 떨칠 수가 없습니다. 나이가 어린 학생들이 물건을 훔치거나 범죄를 저지를 때에는 이유가 있습니다. 결손가정이나 불량한 친구와의 어울리거나, 그런 청소년이 범죄를 저지르는 이유를 각종 통계로 수치하기도 하지만,

방황하는 청소년들에게는 부모님이, 선생님이, 경찰관이 타이르는 듯이 말하는 것은 잔소리로 밖에 들리지 않을 것입니다. 왜냐하면 제가 그랬기 때문입니다. 저 역시도 지금 제 앞에 앉아서 저에게

조사를 받고 있는 이 학생의 나이 때에는 그랬으니까요...

제가 먼저 학생에게 물었습니다. "아버님이 돌아가셔서 그러니?", 학생은 저를 한번 쳐다보고는 "그건 어떻게 아셨어요"하고는 다시 고개를 떨구고는 아무런 말을 하지 않았습니다.

어머님께서는 조사가 들어가기 전에 저에게 남편분이 돌아가셨다는 얘기를 먼저 해 주셨습니다. 하지만 갑자기 제가 아들에게 아버님이 돌아가셔서 그러냐고 묻는 질문에 다시 참았던 눈물을 흘리셨습니다.

학교에서 부장 선생님께서는 아버지의 사업실패로 갑자기 가세가 기울고, 그에 덮쳐 갑작스러운 아버지의 죽음에 공부를 곧 잘하던 제자가 지금은 힘들어 할 수밖에 없는 상황이라면서, 저에게 "이런 상황에 아무리 형사님이라도 힘들지 않겠습니까"라면서 당신이 잘 타일러 볼 테니, 저에게 사건을 없던 것처럼 덮어주실 수 있냐고 물었었습니다.

저는 학생에게, 그리고 옆에 앉아 계시는 어머님에게 이렇게 말했습니다.

"형은 너한테 화 안내, 화낼 필요도 없고, 형도 니 나이 때는 나에게 관심을 가져주는 모든 사람들이 짜증 났거든, 그래도 그 사람들 때문에 지금 다행히도 깡패가 안되고 이렇게 형사라도 하고 있는 거야, 니가 나중에 커서 뭐가 될지 어떻게 알아",

"형이 너한테 어떤 말을 하더라도 니가 한 번 들어보겠다고 생각해 봐야지 형말이 들리는 거지, 더 이상은 얘기하지 않을게"

조사가 끝나고 경찰서 현관에서 어머님과 학생을 돌려보내며, 어머님에게 아들 일로 경찰서까지 오셔서 고생하셨고 조심히 귀가하시라고 말했습니다. 그런데 학생이 갑자기 "갖고 싶은 옷이 있었는데, 돈이 없어서 그랬어요, 그래서 택배를 뜯어서 옷만 가져갔어요"라고 말을 했습니다.

저는 "그래, 알았어, 앞으로는 그러지 않을 거지"라고 하니, 학생은 "예"라고 짧게 답하였고, 저는 "형이 너 믿을게"하고 헤어졌습니다.

학생의 시건을 두고 당연히 소년사건으로 처리를 하여야 하겠지만, 저는 계속 고심을 했습니다. 소년사건으로 검찰에 사건을 보내지 않고 즉결심판으로 처리할 수 있을지에 대해서 고민을 했습니다. 즉결심판은 형사절차에서 즉시 해방된다는 이점이 있는 처리절차인데, 제 나름의 생각으로는 소년사건보다 나중에 기록이 아예 남지 않는 즉결심판을 받는 게 학생에게 좋을 거 같아서 였습니다.

즉결심판은 노상방뇨처럼 정말 경미한 범죄만을 청구할 수가 있는데, 선배님들도 아무리 미성년자이지만 절도 건수가 10건이 넘는 사건을 즉결심판으로 처리하는 데에는 무리가 있다고 했습니다.

하지만 저는 어머님에게 전화를 하여 잘 안 될지도 모르지만, 아드님의 사건을 즉결심판으로 처리를 해보겠다고, 만약에 판사님께서 기각을 하시면 다시 소년사건으로 처리된다고 알려드렸습니다.

학생에 대한 절도 사건을 처리하면서, 담당 형사로써 객관적 사실만을 써야 하는 수사보고서에 감정을 섞으면 안 됨을 알고 있었지만, '학생이 범죄를 저지른 것은 당연히 법에 따라 처벌받아야 합니다. 하지만... 힘든 학생의 상황을 고려할 때 기록이 남지 않는 즉결심판으로 처리함이 학생에게는 더욱 유리할 것으로 판단됩니다'라는 보고서를 달아 즉결심판을 청구하였고, 판사님께서 '형 면제' 판결로 제 청구를 인용해 주셨습니다.

아들과 함께 즉결심판 법정에서 나오신 어머님께서는 저에게 전화를 주셨습니다. 그리고 "형사님, 판사님께서 형을 면제해 주셨어요. 방황하던 아들이 다시 공부에 집중하겠다고 하네요. 앞으로도 아들에게 형님처럼 가끔 조언을 해 주실 수 있으시죠"라고 하셔서, 저는 "그럼요, 나이 차가 많이 나는(25살 차이) 형이지만, ○○이가 잘 된다면야 저는 오케이입니다"

———

사무실에서 열심히 보고서를 치고 있을 때 반가운 동생에게 걸려온 전화를 받았습니다.
동생 : "형님, 도봉경찰서 지나가는 길인데 경찰서에 계세요?"
나 : "어 경찰서야"

동생 : "그럼, 잠시 들리겠습니다. 커피 한잔 주세요"

나 : "그래 와라, 우리경찰서에도 카페 생겼어"

2009년 강력팀에 들어와 제게 주어진 첫 절도 사건인 동시에 담당 형사와 첫 피의자로 만난 동생이었습니다.

사건을 처리할 당시에 제가 29살이었고, 동생이 15살이었습니다. 동생과 저는 사건이 끝난 후에도 동생이 고등학교를 졸업하고 대학교에 입학할 때, 군에 입대하고 제대할 때, 사회초년생으로 직장에 취직할 때, 그리고 지금도, 가끔 만나 아메리카노 커피 한잔하면서 지내고 있습니다.

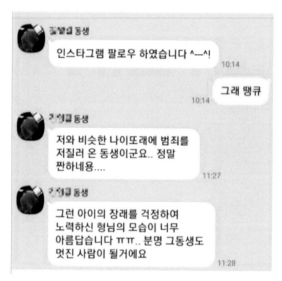

동생과의 카톡

제32화 형사와 운동

학창 시절 젓가락에 멸치란 별명을 달고 다녔던 저는 중학생 때에는 차인표, 고등학생 때에는 송승헌 배우님의 넓은 어깨와 우람한 팔뚝을 동경하며 학창 시절 헬스를 시작했습니다.

그 후 몸을 세운다는 보디빌딩에 흥미를 가지게 되었고 10년이 넘어가자 나름의 운동 철학도 생기게 되었습니다. 와이프와 연애를 할 때는 그녀의 집 주변까지 헬스장을 세 곳까지 끊어 다닐 정도로 열성이었습니다.

야심 차게 지원한 강력형사... 동료들에게 지나가는 말로만 들었지 운동할 시간이 없다는 것을 금방 깨우칠 수 있었습니다.

그때가 총각 때였는데 운동할 시간이 아니라... 애주가라 자부하던 제가 일 때문에 술 마실 시간조차 없어서 밤 12시, 새벽 1시에 퇴근하여 다음날 출근 시간을 걱정하며 침대 밑에서 편의점에서 사온 깡소주 한 병을 맘 놓고 들이키는 게 감사할 따름이었습니다.

그래서 형사를 그만두려 했습니다.

당시에는 범인을 잡는 거보다 제 몸이 망가지는 게 싫었던 게 사실이었으니까요. 그런데 그랬던 제가... 그런 생각이 언제 있었냐는 듯 지금도 강력팀에서 뛰고 있습니다.

작게는 주민분들을 위해, 크게는 국민을 위해, 형사로써 저에게 주어진 소임이, 고작 제 몸을 만드는 거와는 비교할 수 없음을 깨우치는 데에도... 그리 긴 시간이 걸리진 않았습니다.

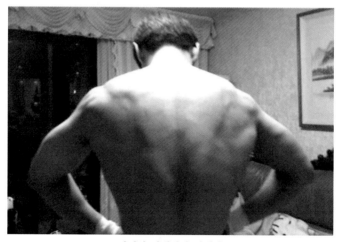

강력팀 막내시절 집에서

제33화 현실과 영화의 차이

"야!! 영장 가져왔어, 영장 없으면 그냥 돌아가세요"

강력팀에 들어오기 전에 많이 들었던 말이고, 이 말을 듣고 범인을 앞에 두고도 자존심을 구기면서 아무것도 못하고 철수했던 적도 많았습니다.

보통 영화는 관객들의 분노와 증오의 대상인 범인을 주인공인 형사가 사선을 넘나들며 끈질기게 쫓아 결국 신나게 두들겨 패고, 반쯤 실신한 범인의 손목에 수갑을 채우면서 미소로 엔딩을 맞습니다.

뭐, 원래 영화는 영화일 뿐이고 영화 속 형사가 현실에 존재할 수 없다는 것을 알고 있었지만, 강력팀에 들어와서 선배님들을 따라다니며 실제로 수사가 범인을 두들겨 패는 장면만 없지, 진짜 영화와 비슷하게 전개되는 것을 보고 속으로 많이 놀랐었던 게 사실이었습니다.

초짜 형사 시절 영장도 만들 줄 모르는 저에게, 범인들은 영장을 가져왔느냐는 말 대신... "저 몇 년 살까요?"라며 자신의 형량을 묻는 질문을 가장 많이 했었습니다.

하지만 영화와 정말 다른 게 있다면, 범인을 잡으면 끝나는 영화와는 다르게 범인의 손목에 수갑을 채우게 되면...

현실의 형사는 범인을 정의의 심판대인 재판정에 온전히 세우기 위해, 범인이 선임한 변호사와의 치열한 법정 공방을 대비한 보강 수사를 위해... 수갑을 채운 그 순간부터 '진짜 수사'가 시작된다는 것입니다.

제**34**화 제가 만난 검사들

"영감님"

영화 '부당거래'에서 서울청 광수대의 에이스 최철기 형사(황정민)는 주양 검사(류승범)를 영감님이라고 부릅니다. 과거 형사들뿐 아니라 소위 힘 있고 백 있는 부류의 사람들은 검사를 그렇게 불렀습니다.

저는 조금은 다른 얘기를 하려 합니다.

수사부서에 들어오기 전에는 검사님을 만난 적이 없었습니다. 파출소에서도 사건 수사를 하지만, 담당 형사나 수사관이 아니니 사건으로 검사님을 만날 일이 없는 것이 오히려 당연한 겁니다.
강력팀에 들어가니 자연히 검사님들을 자주 만나게 되었습니다.

영장전담과 강력전담 검사님들을 자주 만나게 되었는데... 제가 검사님을 만나기 위해 주로 찾아갔습니다.

영화의 단골 소재이기도 한 두 기관을 어느 영화에서는 '오묘한 (?) 사이'라고 표현하기도 했고, 검사와 형사를 때론 우스꽝스럽게, 때론 증오의 대상으로 풍자하는 장면은 어렵지 않게 찾아볼 수 있습니다.

제가 검사님을 찾아가는 이유는 두 가지인데 하나는 범인을 추적하는데 필요한 영장을 발부받기 위해서이고, 다른 하나는 강력사건의 수사회의 때문입니다.

밖에서 보면 검찰과 경찰의 수사는 같은 듯 보이지만, 그 속을 자세히 들여다보면 같은 목적을 가진 전혀 다른 종류의 수사입니다.

경찰의 수사는 사건이 발생하는 순간부터 시작되는데 반하여, 검찰의 수사는 범인을 잡고 경찰의 수사가 완료된 이후부터 시작된다는 차이가 있습니다.

저 역시도 검사님들을 직접 만나기 전에는 보통의 경찰이 가지는 그런 편견을 가지고 있었지만, 실제로 만나본 검사님들은 제가 가슴에 품고 있는 정의와 똑같은 정의를 품고 계셨고 저와 같은 눈으로 사건을 바라보셨습니다.

'고기도 많이 먹어본 사람이 잘 먹는다'라고 했듯이, 검사님들은 경찰의 현장수사 능력을 최고로 평가해 주십니다. 경찰의 1차 수사

이후 변호사들과 법정에서의 치열한 공방을 대비한, 공소유지를 위한 2차 보강수사는 검사님들이 잘하는 것이 당연한 이치입니다.

책상에 앉아 일하니 편하다고 생각할지 모르겠지만, 제가 본 검사님들의 업무강도는 강력팀의 살인적인 업무강도에도 견줄만하다 생각합니다.

몇 년 전 살인사건을 수사하면서 담당 형사와 담당 검사로 만났던 모 지검의 검사님은, 두 기관이나 서로의 신분을 떠나... 다른 듯 같은 길을 가고 있는 한 남자로서 충분히 존경할만하였고 배울 점이 많으신 훌륭하신 분이셨습니다.

그 검사님도 경찰 수사가 끝난 후에도 정의 실현과 유죄판결이란 같은 목적을 위해, 마치 한 팀인 것처럼 끝까지 함께 뛰어준 저를 보시면서 같은 생각을 하시지 않았을까 합니다.

제**35**화 가장 좋아하는 사진

2014년 서울지방경찰청 최우수수사팀 선정식 때

　2014년 3월 달에 경찰수사연수원의 '통신금융추적 전문과정(현 추적수사전문과정)' 3주 교육을 지원했습니다.

　추적분야 '전문수사관' 자격을 따기 위해서였는데, 짐을 숙소에 풀고 첫날 책상에 앉아 수업을 들으니... 너무나 좋았습니다. 평소

퇴근을 하여 침대에 누워도 사건 생각에 머리가 항상 지끈거렸었는데 그곳 숙소에서 첫날 잠을 잘 때는 머리가 아프지 않았습니다.

그것은 비록 교육이지만... 범죄와의 전쟁 속에서 잠시나마 떨어질 수 있었기 때문입니다.

둘째 날 수업을 마치고 전국 각지에서 모인 형사·수사관들 30여 명과 연수원 앞 삼겹살집에서 단체회식을 하고 있을 때 팀장님께 전화가 걸려왔습니다. 팀장님께서는 "김형사, 교육 중에 미안한데, 특수강도 첩보가 들어왔어, 니가 좀 와야겠다"라고 하셨습니다.

솔직히 경찰서로 복귀하기가 싫었습니다.

셋째 날 아침 짐을 싸들고 담임교수님에게 사정이 이러하여 퇴교하겠다고 하니, 교수님께서는 돌아가는 깃을 막을 수는 없지만 퇴교하면 블랙리스트에 올라 앞으로 몇 년간은 연수원 교육을 받지 못하게 된다고 하셨습니다.

하지만 당시 수사팀에는 제가 필요하였고 사건 해결이 우선이었지, 교육이나 자격증 취득, 블랙리스트가 중요한 게 아니었습니다.

귀서 하여 1달간의 수사 끝에 '서울·북부권 6인조 편의점 연쇄강도 사건'을 해결하였습니다. 서장님뿐만 아니라 청장님께서도 격하게 격려를 해주셨습니다.

그로 인해 전문수사관 자격을 따는 게 5년이나 늦어졌지만, 2014년 1분기 저희 팀은 강력팀 평가 전국 1위를 할 수 있었습니다.

제**36**화 추적에 관심을 가지게 된 이유

경찰 내의 여러 수사팀들 중에서 '강력팀'은 추적에 특화된 팀입니다. 고소나 고발, 첩보사건과 다르게 제가 수사하는 사건들은 대부분이 범인이 누구인지를 모르는 사건들입니다.

추적 과정을 크게 보면 누구인지 모르는 범인이 홍길동인지, 누구인지를 밝혀내는 과정과 알아낸 범인이 숨어있는 곳을 찾아내는 과정, 이 두 가지로 볼 수 있습니다.

이런 '용의자 성명불상의 사건'들은 해결하는 경우도 있지만, 범인이 누구인지도 모른 채 장기 미제사건으로 남는 경우도 있습니다.

프로범죄자(빵잡이)라고 하는 강력사범들은 경찰에 잡힐 경우 자신이 빵(교도소)에서 몇 년을 살지를 대충 감으로 알고 있습니다.

그들은 교도소에서의 수형생활이 얼마나 힘든지 경험해 봤기에, 잡히지 않기 위해 전력을 다합니다. 경찰이 발밑까지 쫓아오고 있음을 알고 도피 중인 범죄자의 은신처를 찾아내는 건 정말 여간 힘든 수사가 아닙니다.

제가 추적분야 '전문수사관' 자격을 취득했지만, 이 제도가 시행된 지는 채 몇 년이 되지 않았습니다. 80여 가지가 되는 전문수사분야의 대부분에 추적 수사가 포함되어 있음에도 불구하고 과거 형사들의 업무는 조직 내에서 조차 저평가를 받아왔지만, 누가 뭐라든 형사라는 자존심과 사명감 하나만으로 범인을 쫓아다녔습니다.

검찰의 수사와 경찰 수사의 가장 큰 차이점이 바로 이 추적수사이며, 경찰뿐 아니라 여러 부처에는 각 특수분야를 담당하는 특별사법경찰들이 있지만, 검사님들 마저도 경찰... 특히 강력팀의 추적능력은 비교 대상이 없다고 얘기하십니다.

국민께서는 저희 경찰에 검찰처럼 사회이슈나 정치적 사건 등의 선택적인 수사를 원하지 않으십니다.

아무리 경미하더라도 내 가족에게 범죄를 저지른 범인을 잡아주고, 서민의 재산을 등쳐먹는 파렴치한을 잡아 피해를 회복하고 정당한 법적 처벌을 받게 하는... 모두가 공감할 수 있는 그런 수사를 원하십니다.

그런 면에서 추적수사는 국민의 기대에 부응할 수 있고, 경찰이 추구하는 사회정의의 실현과 보편적 정의 실현에 가장 부합하는, 어찌 보면 수사의 기본 중의 기본이라 생각합니다.

전문수사관 인증서

2019년에 추적수사 분야 '전문수사관' 자격을 인증받았습니다.

전문수사관이란 제도는 경찰 수사의 책임성을 높이고 국민에게 더욱 우수한 수사서비스를 제공하고자 2012년부터 경찰청 내부 훈령으로 시행하는 제도입니다.

현재 경찰에는 추적수사, 수중감식, 혈흔분석, 생리심리분석(거짓말탐지기), 심리분석(프로파일러) 등 80여 개 전문분야의 약 3,800여 명의 전문수사관들과 그 상위 자격인 전문수사관 마스터 100여 명이 치안 일선에서 활동하고 있습니다.

수사분야 중 추적수사에 관심이 많았던 제가 자격을 취득하였을 때 동료들은 제가 마치 승진이라도 한 듯이 축하를 해주셨습니다.

전문수사관 인증식 때

제37화 전보신청

서울경찰청

2018년에 다른 경찰서로 전보를 신청했습니다.

서울에서 치안수요가 가장 많은 바쁜 경찰서 1위, 2위인 경찰서로 옮겨달라고 서울경찰청에 신청서를 제출했습니다.

그런데 알아보니 그런 사유의 신청서가 없었습니다. 선배님들에게 물어봐도 그런 사유의 전보 신청은 없고 들은 적도 없다며 저에게 너 왜 그러냐며, 우리 경찰서가 싫냐고 하셨습니다.

공문을 찬찬히 찾아보니, 정말 그런 전보 신청서는 없었지만, 경찰관이 경찰서를 옮길 때 사용하는 '고충인사 신청서'란게 있었습니다.
고충 인사에 대한 사유는 엄격했지만 그중 맨 마지막 사유에 '기타사유'란게 있었습니다.

저는 신청서에 '열정과 체력이 최고조인 지금 치안수요가 많은 경찰서로 옮겨, 국민을 위해 열심히 뛰고 싶습니다'라고 기재하여 신청서를 제출하였습니다.

신청서를 접수받은 반장님께서는 심각한 표정으로 신청 사유를 보시고는, 저를 보고 웃으시면서 "넌 일하고 싶어서 안달 난 놈 같아, 이런 고충 심사서는 처음 본다, 그래도 사유가 좋다. 접수해 주께" 하시면서 접수를 해주셨습니다.

인사는 꼭 제가 바라는 데로 안될 수도 있듯이 희망 경찰서로 가지는 못했지만... 제 마음을 담은 신청서를 작성할 수 있었다는 것만으로도 만족합니다.

'18년도(上) 고충인사 신청서(경위이하)

소속(부서)	도봉서 (형사과)	계 급	경사	• 초 임 : ▨▨▨ • 현소속 : ▨▨▨	
성 명	김 준 형	생년월일	▨▨▨▨	경 과	수사
희망서	1 희망 ▨▨서	2 희망 ▨▨서	거주지	서울 ▨▨▨ ▨▨▨▨ ▨▨▨▨▨▨▨▨ ▨▨ ▨▨	
신청사유		○ 본인은 순경 공채로 합격하여 2002년 12월 31일에 초임지로 서울도봉경찰서를 발령 받아 파출소 외근, 기동대(직원중대), 형사과 등 부서에서 현재까지 15년간 근무를 하였습니다. 그리고 2009년 4월부터 형사과 강력팀으로 발령받아 10년간 외근형사로 수사업무에 전념해 왔으며, 초임지인 우리경찰서에서 훌륭한 여러 선배님들을 만나 업무지식을 습득하고 수사역량을 키워왔습니다. 그동안 정들었던 우리경찰서를 떠나 희망서인 치안수요가 많은 경찰서로 옮겨, 열정과 체력이 최고조인 지금 국민을 위해 수사역량을 발휘하고자 하며 또한 많은 사건 속에서 끊임없이 수사를 배우고자 타서 전보를 희망합니다.			
연락처		○ H P : 010-▨▨-▨▨ / 경비 : ▨▨▨▨ / 일반 : ▨▨▨▨▨			

고충인사 신청서

제38화 신임경찰관

(어둠속에서 빛을 밝히는 경찰관으로...)

이제 경찰을 시작하는 젊은 후배들에게 관심이 많았습니다.

청운의 꿈을 품고 노량진 고시촌에서 순경시험 공부를 할 때에도 제가 느끼기에 시험이 상당히 어려웠다고 느꼈었는데, 지금은 '경찰고시'라고 불릴 정도로 경찰 공채시험이 많이 어려워졌습니다.

시험에 합격하게 되면 충북 충주에 있는 청년 경찰의 요람인 '중앙경찰학교'에 입교를 하여 4개월간의 기본적인 소양 교육을 받은 다음, 일선 경찰서와 파출소로 나와서 현장 실습 4개월까지, 총 8개월의 교육을 마친 후 정식 경찰공무원으로 임용이 되게 됩니다.

2019년부터 저희 경찰서 교육담당에게 얘기하여 2시간 정도만 빼주면 현장실습을 나온 신임경찰관들에게 간단히 수사실무 교육을 해 주겠다고 제안을 하였습니다.

처음에는 교육담당을 찾아가 뜬금없이 제가 공문에도 없는 교육을 개인 시간까지 빼서 해 주겠다고 하니 당연히 이상하게 생각하였지만, 대외적으로는 얼마 전에 인증받은 '전문수사관'이란 타이틀을 걸고 신임들을 상대로 교육을 시작하게 되었습니다.

정식 일정에도 없는 교육이니 당연히 수당도 없고, 비번날 집에서 잠을 자다가도 전화를 받고 나와서 교육을 한 적도 있었고, PPT 등 교육 자료의 준비도 제대로 안 된 상태에서 교육을 시작했습니다.

히지만 교육생들의 반응은 상당히 좋았습니다. 우선 지금 필드에서 뛰고 있는 강력형사인 선배가 교육을 해준다는 게 신선했고, 비록 기본적인 실무이지만 현재 수사가 진행 중인 사건을 바탕으로 얘기를 해 준다는 게 나중에 현장에 투입되어 업무를 하는데 실제로 도움이 많이 되었다고들 했습니다.

첫 번째 교육을 마치고 경무과에 들려 교육담당 직원에게 교육을 잘 끝냈다고 얘기를 하였더니, 교육담당은 "제가 10년 동안 신임경찰관들 상대로 교육을 진행해 왔지만, 김형사님처럼 자발적으로 찾아와 교육을 해주겠다는 직원은 처음입니다."라면서 신임들을 위한 제 순수한 마음을 자신도 느낄 수 있었다고 했습니다.

제가 이제 경찰을 시작하는 그 친구들에게 얘기하고 싶었던 것은, 경찰관으로 국민에게 조금이라도 더 가까이 가는 경찰이 되어줬으면 한다는 것... 그것 하나였습니다.

신임경찰관들과 함께

제39화 인권영화의 주인공

(경찰청 인권영화제)

　경찰청에서는 매년 인권을 소재로 한 단편영화제를 개최하고 있
습니다. 이는 인권경찰로 거듭나겠다는 의지의 표현이며 경찰이 지

켜야 할 여러 가치 중 인권은 가장 중요한 가치이기 때문입니다.

작년까지 9회를 맞은 '경찰청 인권영화제'가 코로나-19 방역지침에 따라 비대면 온택트(Ontact) 방식으로 세계 인권선언 기념일(12월 10일)에 온라인으로 개최되었습니다.

영화제는 시민과 경찰의 정서적, 문화적 교감의 필요성의 대두로 2012년부터 시작되었습니다.

이번 경찰청 인권영화제에서는 사전에 소재 공모를 통해 응모된 226편의 작품 중, 선정된 6편의 작품에 대한 시상식과 우수작으로 선정되어 제작된 2편의 단편영화를 공개합니다.

(유튜브에 '경찰청 인권영화제'라고 검색하시면 그 간의 입상작들을 감상하실 수 있습니다.)

———

세계 인권선언 기념일에 개최되는 영화제는 인권을 최상의 가치로 삼고, 시민의 인권 보호 증진에 최선을 다해 노력하겠다는 저희 경찰의 다짐이자 약속입니다.

2013년 제2회 영화제 때 저희 경찰서에서도 영화를 제작했는데, 당시 부청문감사관님께서 저를 '꼭~' 찍어서 주인공으로 캐스팅해주셨습니다ㅜㅜ

하지만 그 덕에 저희 가족도 얼떨결에 영화에 출연을 하였었고,

비록 예선 탈락이지만 시간이 지나고 보니 삭막한(?) 직장생활 사이에서 한편으로는 즐거운 추억으로 기억이 됩니다.

(혹시~ 제 발연기가 궁금하시다면 제 '네이버 블로그'에 방문하시면 감상하실 수 있습니다. 뒤에 NG 장면이 아주 재미있습니다.)

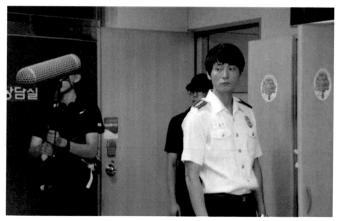

제2회 인권영화 촬영중에

제40화 사건병합의 중요성

(수사종결을 잠시 미룰 때 비로소 볼 수 있는 것들)

제가 형사당직팀에 있을 때 가정폭력 사건이 한 건 들어왔습니다.

별거 중인 남편이 집 현관문을 발로 차서 손괴하였다는 사건이었는데, 남편은 112신고를 받고 현장에 출동한 파출소 경찰관에 의해 현행범으로 체포되어 경찰서 형사당직실로 인치가 되었고 제가 사건 담당이 되었습니다.

통상의 조사 순서는 이렇습니다. 먼저 피해자의 진술을 청취하고 증거를 확보한 다음에, 피의자의 조사를 시작하게 됩니다. 이는 대부분의 사건을 수사할 때의 순서입니다만, 112신고를 할 때에는 상황이 긴급하기 때문이고... 급박하게 신고가 되어 피의자가 현장에서 체포된 상태에서 수사가 시작되게 되면 중간 단계인 증거를 제대로 수집하지 못한 상태에서 피의자의 조사에 들어가게 됩니다.

왜냐하면 증거를 수집하는 데에는 짧게는 몇 시간으로 충분하지만, 대부분의 경우에는 수일이 걸리기 때문에 경찰이 증거를 수집한다는 이유로 체포된 피의자의 석방을 미루는 것은 있을 수 없고, 그것은 중대한 인권침해이기 때문입니다.

남편이 집 현관문을 발로 차서 손괴하였다는 사건을 받고 부인분의 진술을 청취할 때, 그전에도 남편은 술에 취하면 가족들에게 폭언과 폭행을 하였었고 경찰에 신고를 하였지만, 남편은 경찰서에서 조사를 받고 몇 시간 후에 매번 풀려나왔다고 했습니다. 그러면서도 부인은 아이들 때문에 남편의 접근금지라는 임시조치는 신청하지 않겠다고 했습니다.

남편은 사건이 벌어진 그때 그 순간에만 미안하다며 가족들에게 사죄를 하였는데 다시 술에 취하면 그런 폭력이 반복되어 결국 별거를 하게 되었지만, 별거를 한 후에도 술에 취하면 계속 집에 찾아와서 행패를 부린다고 했습니다.

남편은 저에게 조사를 받을 때에도 현관문을 발로 찬 것은 잘못이라면서도, 부인과 아이들과의 불화에 이혼소송까지 겹치면서 자신도 미치고 싶은 심정이라고 했습니다.

과거 경찰서에 가정폭력으로 입건된 기록을 보니 이번 사건까지

3번째였기에 남편에게 또다시 가족에게 폭력을 휘두르면 구속수사를 검토하겠다고 고지하고 조사를 마치고 석방을 시켰습니다.

석방을 시켰으니 불구속 수사였지만 저는 사건을 빨리 끝내지 않기로 했습니다. 그러니까 사건을 검찰에 송치하지 않고 당분간 제가 가지고 있기로 결정했습니다.

그리고 차근히 이미 수사가 끝나 검찰에 송치되어 벌금형이 떨어진 첫 번째 사건의 기록을 사본하여 사건기록에 첨부하고, 한 달 전인 바로 앞전에 발생한 두 번째 사건을 수사 중인 다른 팀의 후배로부터 사건을 받아 제 사건에 병합을 하였습니다.

이어서 이미 발생한 3건의 가정폭력 사건의 범죄유형과 동기를 찬찬히 살펴봤을 때 이혼소송 중일 때, 또는 이혼을 한 후에도 남편의 폭력이 계속 있을 것이란 것은 충분히 예상이 되었고, 이를 분석한 수사보고서를 기록에 따로 달아놓았습니다.

그리고 수시로 아내분에게 별일이 없는지 전화를 해서 확인을 했는데, 부인분은 보름 후에 남편이 모르는 곳으로 이사를 갈 예정이라고 했습니다.

그런데 부인분이 이사를 가는 날 뭔가 불길한 일이 있을 것 같은 느낌이 들었고, 부인의 이삿날 결국 사건이 또다시 발생했습니다.

부인분은 이삿날 남편이 찾아올 것이라 생각되어 미리 이삿짐센터 사장님에게 집 비밀번호를 알려주고 이사를 할 집에 먼저 가 있었습니다. 그런데 이삿날을 어떻게 알고 남편이 집에 찾아와 이삿 짐을 차량에 옮기고 있던 인부들에게 부인이 이사할 집 주소를 알 려달라고 하였고, 인부들이 알려주지 않자 그것이 시비되어 인부의 멱살을 잡고 흔든 폭행 사건이 발생하였습니다.

사건이 발생한 날은 제가 비번이었습니다. 다음날 출근하여 인부 폭행 사건을 맡은 다른 팀 선배를 찾아가 이전 사건에 대해 대략의 설명을 하고 폭행 사건을 제 사건에 병합해 처리하겠다고 넘겨달라 고 했습니다.

그런데 선배님은 사건을 넘겨주시겠다고 하시면서도... 실제로 가 정폭력 사건이 아닌 제3자 폭행사건으로 별건인 사건을 제 사건에 병합해 처리하겠다는 저를 조금은 의아 해 하시면서 "설마 구속영 장을 치려는 건 아니지?"라고 하시기에, 저는 "아니요, 구속영장 칠 겁니다"라고 답했습니다.

남편에게 며칠 후 구속영장 실질심사가 잡혔으니 오전에 시간에 맞춰 출석하라고 통보를 해 주었더니, 그날 저녁에 바로 변호인 선 임서가 제출되었습니다.

며칠 후 구속영장 실질심사를 마치고 남편은 유치장에 입감되었 지만, 제가 신청한 구속영장은 채 몇 시간도 되지 않아 판사님께서 기각을 하셨고, 결국 다시 남편을 석방할 수밖에 없었습니다.

하지만 유치장에서 짧은 시간이었지만 여러 생각을 한 남편은 유 치장에서 나오면서 저에게 "형사님 죄송하고요, 풀어줘서 감사합니다."라고 하기에, 저는 "저한테 감사할 필요 없어요. 제가 풀어드린 게 아니고 판사님이 풀어드린 겁니다. 그리고 다시 또 이런 일이 있으면 그때도 제가 담당을 하고 다시 구속영장을 신청할 겁니다. 그리고 그때는 아마 쉽게 풀려나가지 못할 겁니다."라고 얘기를 해 주었습니다.

그날 유치장에서 석방된 이후로 남편은 가족들에게 더 이상 폭력을 휘두르지 않았습니다.

제41화 수사를 할 때의 마음가짐
(피해자의 아픔을 가슴으로 공감할 수 있는가)

모든 법률의 제1조를 보면 그 법률을 만든 목적이 명시되어 있습니다. 이는 법률뿐 아니라 하위 시행령과 시행규칙, 그에 따른 조직 내 훈령에도 마찬가지입니다.

경찰청 훈령으로 경찰관이 범죄를 수사할 때 지켜야 하는 '범죄수사규칙'이라고 있는데, 이 규칙의 첫머리는 이렇게 시작을 합니다.

"제1조(목적) 경찰관이 범죄를 수사할 때에 지켜야 하는 마음가짐, 수사의 방법과 절차 … 를 정함으로써 수사사무의 적정한 운영을 기함을 목적으로 한다."

그런데 이 규칙에는 아주 특이한 점이 있습니다. 어떤 법률이나 규칙에도 규정되어 있지 않은 약간은 애매모호한 '마음가짐'이란 단어가 규칙 제1조에 들어가 있다는 것입니다.

저는 경찰관이 어떤 마음으로 사건의 수사에 임하느냐에 따라 그 결과가 크게 달라질 수 있다는 것을 경험으로 많이 느껴왔습니다.

처음 강력팀에 들어와 형사 생활에 어느 정도 적응을 하였을 때, 형사로써 처음 가졌던 목표는 대한민국의 강력형사 1프로 안에 들겠다는 것이었습니다.

술자리에서 아는 동료들과 동기들에게 제 목표를 거창하게 얘기를 하였더니, 대부분이 저를 보고는 '야~!! 정말 웃기지도 않는 목표다'라며 모두 웃었습니다. 차라리 큰 사건을 하나 해결해서 특진을 하겠다는 목표가 더 현실감 있지 않겠냐고들 했었는데,

그도 그럴 것이 계급 사회인 저희 조직에서 거의 대부분의 사람들이 시험이나 특진 또는 심사 승진, 즉 진급을 목표를 두고 있던 상황에 뜬금없이 제가 무슨 드라마의 멋있는 주인공인 듯 현실과는 전혀 동떨어진 목표를 얘기하니 그런 반응이 나오는 게 당연했을 겁니다.

하지만 누가 뭐라든 그 1프로라는 목표를 위해 아침에 눈을 뜰 때부터 저녁에 눈을 감을 때까지 하루 종일 범인을 잡겠다는 생각

뿐이었고, 심지어 잠을 잘 때 조차도 범인을 쫓는 꿈을 꾸기도 하였습니다. 여러 사건을 겪으면서 많은 강력사범들을 검거하였지만, 범인을 잡아 구속을 시키고 교도소에 보내더라도... 피해자의 아픔은 그것만으로 끝나지 않는다는 것을 깨우치는 데에는 시간이 조금 걸렸습니다.

그러면서 자연히 담당형사가 범인만을 잡아주는 것이 아니라 그와 함께 피해자의 아픔을 마음으로 나눌 수 있어야 한다는 생각을 가지게 되었고, 언제부턴가 저의 형사로서의 모토가 대한민국 강력형사 1프로에서 자연스럽게 '국민이 원하는 형사가 되자'로 바뀌었습니다.

계급사회인 경찰 조직에서 승진이란 굴레에 붙잡혀 형사 생활을 조금은 늦게 시작하다 보니, 먼저 시작한 동료들을 따라잡기 위해 정말 이를 악물고 피나는 노력을 하였습니다. 그리고 대한민국 강력형사 1프로 안에 들기 위해 뒤를 돌아볼 틈도 없이 전력을 다해 달려가던 중에... 너무나도 갑자기 그 모토가 변한 것이었습니다.

하지만 1프로라는 목표보다 피해자의 아픔을 나누겠다는 생각이 어찌 보면 제가 지금 가지고 있는 '미친개'와 '또라이'라는 별명은 갖게 하였다고 볼 수 있습니다. 왜냐하면 그런 생각이 깊어지면 깊어질수록 제 마음이 피해자의 마음과 차츰 동화되는 가는 것을 느낄 수 있었고, 그것은 오히려 범인을 쫓는 제 수사에 상당한 영향을 미쳤습니다.

과거 성폭행 사건이 형사과에서 여청수사팀으로 분리되기 전 성폭행 사건을 수사할 때, 성폭행을 당한 여성분의 피해 진술을 들으면서 마치 피해자분이 저의 친누나 또는 여동생인 듯한 착각이 든 적이 많았고, 수사를 진행하면 할수록 피해자분의 아픔에 더욱 동화되어 가는 감정을 자주 느꼈습니다.

그것은 마치 제 가족에게 범죄를 저지른 범인을 제가 직접 담당 형사가 되어 수사를 하는 듯한 그런 형국이었습니다. 담당 형사의 경력이나 수사 실력을 떠나, 이 세상에서 가장 사랑하는 내 여동생을 감히 성폭행하고 도망친 범인을... 무지막지하게 화가 난 친오빠가 그 뒤를 쫓는다고 보시면 비슷할 것입니다.

담당 형사가 자기 가족에게 범죄를 저지를 범인을 쫓는다면 아마도 무슨 수를 써서라도 반듯이 범인을 잡아낼 것입니다.

뒤늦게 형사를 시작하여 짧은 경력임에도 주변 형사들로부터 실력을 인정받을 수 있었던 이유는, 형사로서 타고난 촉이나 감각, 열심히 사건을 수사하겠다는 업무자세도 아니었으며 대한민국 강력형사 1프로 안에 들겠다는 굳은 결심도 아니었습니다... 그것은 담당 형사로써 얼마만큼 피해자의 아픔을 가슴으로 공감하고 다가갈 수 있었느냐 였습니다.

아마도 법률이 아닌 규칙일 뿐이니 범죄수사규칙 첫머리에 경찰관의 마음가짐이 명시되어 있다는 것을 모르는 기성 경찰관들도 많이 있을 테지만,

공개채용의 시험과목인 형법과 형사소송법을 줄줄 외우고 있는 후배들에게 저는 항상 범죄수사규칙 제1조가 무엇인지에 대한 질문을 던지고 있습니다.

경찰청 훈령 제954호(2019. 11. 14.)

(경찰청) 범죄수사규칙

제1장 총 칙

제1절 수사의 기본원칙

제1조(목적) 이 규칙은 경찰공무원이 범죄를 수사할 때에 지켜야 할 마음가짐, 수사의 방법과 절차 그 밖에 수사에 관하여 필요한 사항을 정함으로써 수사사무의 적정한 운영을 기함을 목적으로 한다.

범죄수사규칙 제1조

제42화 강력팀의 6번째 형사

길거리에는 많은 CCTV가 설치되어 있습니다. CCTV는 수사에 있어서 단서 확보와 용의자 추적에 매우 중요하며, '수사의 8할을 차지한다'는 말이 있을 정도로 이제는 수사에 있어서 필요시가 아닌 필수가 되었습니다.

몇 년 전 새벽 주택에 도둑이 들었다는 112신고를 받고 출동하여, 집주인에게 들켜 조금 전에 저쪽 골목길로 도망을 쳤다는 말을 들었습니다. 그 골목길 입구에 주차된 택시에 설치된 블랙박스의 불빛이 깜빡이는 걸 보고는, 앞 유리창에 적힌 기사님의 전화번호로 블랙박스를 좀 보여달라고 전화를 걸려고 할 때... 잠시 망설였습니다.

당시 시간이 새벽 2시경이었으니, 기사님은 분명 집에서 주무시고 계셨을 테고 제가 전화를 하면 잠에서 깨셔야 했기 때문입니다.

아무리 경찰이지만 자신의 일도 아닌 남의 일로 이 꼭두새벽에 전화를 받게 되실 기사님에게 죄송한 마음에 휴대폰 번호를 눌러놓고는 통화버튼을 누르기가 망설여졌습니다.

하지만 범인이 도망쳤다는 골목을 비추는 것은 기사님의 택시 블랙박스가 유일했기 때문에 저는 선택의 여지 없이 통화버튼을 눌렀습니다.

역시나 기사님은 주무시다가 전화를 받으신 목소리로 "음~ 쿨럭 쿨럭~ 음~ 여보세요"라고 하셨고,

저는 "기사님, 주무시는데 전화드려 정말 죄송합니다. 저는 도봉경찰서 강력팀의 김준형 형사라고 합니다"라고 하니까,

기사님은 "음~ 쿨럭~ 아니 이 새벽에 형사가 나한테 웬 전화요?" 하셨습니다.

제가 자초지종을 말해드리니, 기사님은 1분도 채 되지 않았는데 반바지에 슬러퍼를 끌고 런닝 차림으로 대문을 나오셔서 저를 보시고는 "아이구~ 새벽에 수고 많소, 범인 잡겠다는데 도와드려야지~" 하시며 블랙박스의 메모리칩을 빼 주셨습니다.

그런데 메모리칩에는 그날의 녹화영상이 없었습니다. 블랙박스 오작동으로 주차 중 영상이 녹화가 되지 않았던 겁니다. 저는 영상이 녹화되지 않았음을 알려드리고 메모리칩을 돌려드리면서 "새벽에 전

화드려 죄송합니다"라고 하였더니, 기사님께서는 오히려 저에게 "아이구~ 내가 미리 점검을 해 놨어야 하는데, 결정적일 때 도움을 못 드리네, 여하튼 범인 꼭 잡으슈~' 하셨습니다.

새벽에 주무시다 전화를 받으시고는 옷도 입지 않으신 채 나오신 기사님께 너무나 감사했습니다.

대한민국의 형사들은 범인을 정말 잘 잡습니다. 하지만 그 이유는 이러한 수사에 적극적으로 협조를 해 주시는 주민분들이 있기에 가능하다고 생각합니다.

일선 경찰서의 강력팀은 대부분 5명으로 구성되어 있습니다. 그래서 저희는 이런 기사님 같은 주민분들을 강력팀의 6번째 형사라고 부릅니다.

제 43 화 위기협상팀 (crisis negotiation team)

협상의 진수는 무력해결이 아닌
대화를 통한 해결입니다.

당직 근무 날 새벽에 건물 옥상에 사람이 올라가 자살하려 한다는 112신고가 떨어졌습니다. 신고를 접하고 경찰서의 가용인원으로 신속히 협상팀을 꾸리고 신고 장소로 향했습니다.

이미 1층에는 파출소와 교통경찰 등 동료들이 폴리스라인을 치느라 분주한 상태였고, 소방관들은 에어매트에 연신 바람을 넣고 있었습니다. 평소 안면이 있는 소방관에게 저 높이에서 추락하면 생존 가능성이 얼마나 되냐고 물었더니, 이 정도 높이라면 바람 때문에 매트에 떨어질 가능성이 희박하다는 대답이 돌아왔습니다.

그런데 1층에서는 자살기도자의 아내분과 딸들이 두 손을 꼭 잡고 불안한 마음으로 옥상만을 바라보고 계셨습니다. 아내분과 따님에게 다가가 지금부터는 협상팀이 올라가 남편분과 대화를 할 것임을 알려드리면서, 가족분들은 절대로 옥상에 올라오시지 말 것을 당부드리며 저희를 믿고 기다려 달라는 말을 전하고 건물 옥상으로 향했습니다.

19층보다도 더 높은 옥상 난간은 멀리서 보기에도 아찔한 높이였습니다.

옥상에 올라간 50대 남자분은 어떤 공사장의 일용직 노동자였고, 한 아내의 남편이었으며 한 가정의 가장이셨습니다. 그런데 어떤 연유로 지금의 삶에 너무 힘들고 지치셨다면서... 모든 것을 뒤로하고 뛰어내리겠다며 울고 계셨습니다.

행여나 실족하여 추락하지는 않을까 노심초사하며 새벽부터 시작된 그분과의 대화는 아침이 되어서야 끝이 났고, 정말... 정말 다행히도... 노동자분은 아무런 사고 없이 무사히 내려와 주셨습니다.

서민들의 고된 삶과 그 아픔은 저희가 인지하지 못할 뿐, 주변에는 항상 존재하는 것 같습니다. 당시에 오랜 시간 동안 함께 애써주신 파출소와 교통외근 경찰관 동료분들, 소방관님들 모두 고생하셨습니다.

—————

강력형사로 근무하면서 동시에 2013년부터 경찰서 위기협상팀 협상관으로도 활동하고 있습니다.

과거 경찰은 인질 납치나 자살 농성 등의 위기 대치 상황이 발생하면 형사나 경찰특공대를 투입시켜 무력 위주의 진압 작전을 펼쳐 왔습니다. 하지만 이제는 '위기협상'이란 시스템을 도입하여 언제 어느 순간이라도 무력 진압이 아닌, 대화와 소통을 수단으로 더욱 안전히 사건 해결에 접근하기 위한 '협상팀'을 투입할 수 있도록 각 경찰서에 위기협상팀(비상설)을 운영하고 있습니다.

강력팀 형사로 갑자기 위기협상팀에 차출되어 협상관으로 처음 활동을 시작하게 되었을 때에, 위기협상이란 개념 자체가 생소한 때였고 전문화된 교육도 받지 못한 채로 현장에 투입되기도 하였지만, '협상의 진수는 무력해결이 아닌, 대화를 통한 해결이다'라는 협상의 명언과 같이 '협상관'도 강력형사 만큼이나 매력적인 것 같습니다.

전국의 위기협상관들은 365일 24시간, 국민의 안전을 위해 지금 이 순간에도 여러분 곁에서 대기 중입니다.

경찰 위기협상팀

제44화 검찰과 경찰의 수사권조정

2020년 1월 13일 대한민국 국회에서 검찰과 경찰 간의 수사권 조정을 다룬 형사소송법 개정안이 국회 본회의를 통과하였습니다.

경찰 조직의 오랜 숙원이었으며, 수사권 조정에 대한 국민의 열망은 그 어느 때보다도 뜨거웠습니다.

올해 1월 1일부터 시행된 개정 형사소송법의 주요 내용을 보면 검사의 경찰에 대한 수사 지휘의 폐지, 현재 상명하복으로 수직 관계인 검사와 경찰의 관계를 대등한 수평적 관계로의 재설정, 수사 책임자로서의 경찰에 1차적 수사 종결권의 부여, 검사가 작성한 피의자 신문조서의 증거능력의 하향, 검사의 직접 수사 제한 등이 주요 내용입니다.

경찰 99% VS 검찰 1%

99프로...

대한민국 범죄 사건의 대부분을 경찰이 수사하는 현실에서 실제 수사권을 독자적으로 행사하고 있었던 경찰이었지만, 형사소송법상에는 수사 주체가 아닌 단지 검사의 보조자에 불과했습니다. 10년 전인 2011년 수사권 조정 때에 형사소송법에 경찰의 수사개시권 조항을 삽입하는 날... 저 역시 수사 일선에 있었던 한 수사관으로 한층 고무되었던 것이 사실입니다.

10년 전에도 이번과 같은 수사권 조정에 대한 논의가 있었지만,

대부분이 무산되었고... 그중 법안 개정이 이루어진 단 1개의 조항이 경찰에 형사소송법상 명문으로 '수사개시권'을 준다는 것이었습니다.

(사실 창피한 얘기지만... 저는 이때에도 잠복을 하고, 범인을 잡고 수사를 하고 있었지만, 경찰인 저에게 범죄를 수사할 수 있는 권한인 '수사권'이 없다는 것을 이때야 비로소 알았습니다.)

그런데 법안이 통과되자 검사들은 수사권 조정은 아직 시기상조라며 거세게 반대하고, 대검찰청 검사장급 간부 전원의 사의 표명과 함께 검찰총장님이 수사권 조정의 논란에 책임(?)을 지겠다며 사퇴를 했었던 것이 기억납니다. 검사님들이야 변호사 자격증이 있어서 그런지 자신 있게 사표를 내고 나갈 수 있다지만... 경찰이 원래부터 하고 있었던 '수사개시권'을 법에 몇 글자 삽입하는 것이 검사들에겐 그리 큰 굴욕이었나 하는 당시의 생각도 떠 오릅니다.

그로부터 10년이 지난 지금, 일선서의 말단 형사에 불과한 제가 느끼기에도 정말 대대적인 수사권 조정이 이루어졌습니다. 하지만 이번 수사권 조정의 내면을 가만히 들여다보면, 결코 저희 경찰이 국민으로부터 신뢰를 얻었고, 온전한 수사의 주체로서 능력을 검증받았다기 보다는... 결국 시대의 흐름을 읽지 못한 검사들이 자초한 결과가 아닐까 생각됩니다.

우리나라 검사들에게 부여된 권한은 어느 나라에서도 유래를 찾아볼 수 없는 그야말로 무소불위의 권한이었습니다. 이를 달리 얘기하자면 이전의 '형사사법체계'하에서는 만약 검사가 잘못을 하더라도, 같은 검사 말고는 '검사'를 수사할 수 있는 국가기관은 대한민국에는 없었습니다.

수사권과 기소권, 영장청구권, 형집행권, 특사경을 포함한 모든 사법경찰관에 대한 지휘권 등 실로 막강한 권한들은 '정의 실현을 위한 도구'로 국민으로부터 부여받은 권한인데, 검사들은 애초부터 자신들이 가지고 있었던 권리로 착각을 했었던 게 아닌가 합니다.

개정 형사소송법이 통과되기 전·후에 경찰청에서는 수사권 조정의 당위성과 필요성을 공론화하고자, 그리고 국민으로부터 공감을 얻기 위해 여러 노력을 하였고 저 역시도 이에 참여를 하였습니다.

그중 제가 참여를 할 수 있었던 부분이 있었는데 수사권 조정에 대한 피켓을 들고 현장 경찰관의 의견을 표현하는 것이었습니다. 대부분의 동료들이 실명을 공개하지 않고 의견을 표현하던 그때에, 비록 주변의 우려와 걱정이 있었지만... 저를 공개하고,

"저는 순경부터 시작하여 지금까지 범인만을 잡아 왔습니다, 그리고 피해자의 억울함을 풀어드리고자 지금도 현장에서 뛰고 있습니다. 이번 수사권 조정이 두 기관의 밥그릇 싸움이 아닌, 오로지 국민을 위한 수사권 조정이 되기를 바랍니다."라고 의견을 개진하였습니다.

그런데 순경이란 바닥부터 시작한... 그리고 솔직하면서도 순수한

일선형사의 외침에 동료들뿐 아니라 여러 국민분께서도 공감을 해주셨고, 때 묻지 않고 정치적 색깔이 전혀 없어 보이는 저를 보시고 기자님들께서도 관심을 가져주셨습니다.

한 번은 모 언론사의 기자님께서는 "김형사님, 지금 특수한 정치적 상황 때문에 형소법에 개정되기는 했는데요. 경찰이 검사의 지휘를 받지 않겠다는 건 결국 경찰도 외부 통제를 받지 않겠다는 거 아닙니까?"라고 물으셔서, 저는 "저는 경찰이 검사의 지휘를 받는 게 국민분들에게 이익이 된다면, 검사의 지휘를 받아도 상관없습니다. 그게 국민분들을 위한 것이라면요."라고 답변을 해 주었습니다.

<　　　　　　　　　　　　**댓글 63**　　　　　　　　　　　본문보기

저는 서울도봉경찰서 강력4팀에 근무하는 김준형 형사입니다. 국민의 안전을 책임지고 최일선의 현장에서 뛰고있는 한 명의 수사관으로서 이번 수사권조정과 관련하여 의견을 개진하고 싶습니다.

저는 순경으로 경찰에 입직하여 이제까지 오로지 필드에서 범인만을 쫓아 왔으며 피해자의 억울함을 조금이라도 풀어드리기 위해 온힘을 다해 뛰어왔습니다. 개정법률의 의미와 취지를 끝까지 이어가기를 원하며 국회와 관련부처에서 심사숙고하시어 오로지 국민과 국가를 위한 형사사법제도를 수립하여 주시길 간절히 바랍니다.

수사권조정 릴레이 피켓 캠페인 참여 때

현재의 경찰 활동은 과거 범인 검거에만 총력을 기울였던 정통적 정의에서 범죄를 미리 예방하고 방지하는 예방적 검거활동과 피해자에 관점을 둔 회복적 정의의 추구로 변화하고 있습니다.

앞으로 국민분들은 저희 경찰에 수사 책임자로서 많은 권한을 부여해 줄 것으로 예상됩니다. 그러나 경찰 수사에 문제가 제기되고, 오히려 검사의 지휘를 받을 때보다 수사 품질이 못하다고 평가되면 국민분들은 가차 없이 등을 돌릴 것입니다.

경찰이 추구하는 정의는 검사가 택한 선택적 정의가 아닌 보편적 정의입니다. 신임 형사 시설 선배님들에게 '수사'라는 일을 배울 때, '권리는 나를 위해 쓰고, 권한은 남을 위해 쓴다'라고 배웠습니다.

수사권 조정은 현재에도 계속 진행 중입니다. 정치적 쟁점이나 두 기관의 밥그릇 싸움이 아닌... 오로지 국민을 위한 '형사사법체계의 수립'을 위해 제가 할 수 있는 일이 있다면, 지금도 조금의 망설임 없이 적극적으로 나서겠습니다.

제45화 영화사 PD님의 경찰서 방문
(영화와 인연을 맺게 된 사연과 경찰서 수습기자님)

경찰서에 방문하신 영화사 PD님의 역할이 무엇인지 궁금해서 물어봤습니다. PD님께서는 영화 제작의 시작부터 개봉, 그리고 개봉 이후의 모든 단계에서의 전체적인 계획과 예산을 짜는 일을 하신다고 하셨습니다.

국내 쌍두마차 중 한 곳인 이 영화사와는 '용의자X'란 영화로 인연을 맺게 되었습니다. 다른 분야도 마찬가지겠지만, 영화도 장르를 불문하고 스크린 속 영상과 현실과의 차이를 최대한 줄여야 흥행에 다가갈 수 있다고 합니다.

시나리오 감수 작업은 형사가 나오는 영화의 경우에는 형사들이 평소에 대화를 할 때 쓰는 호칭이나 수사 용어... 예를 들어 용의자에 대한 거짓말탐지기 검사를 시행할 때 "거짓말탐지기 검사를 실시한다"라고 하지 않고, 저희는 "용의자를 거탐에 태운다"라는 표현을 씁니다. 그리고 영화 속 배우님의 옷차림이나 수사하는 모습 등에 현실성을 반영하여 관객의 공감을 얻어내는 작업이라고 보시면 됩니다.

얼마 전에 '용의자X'의 시나리오를 쓰신 작가님께서 거의 10년 만에 연락을 주셨습니다. 아직도 강력팀에 있냐고 물으시고는, 이번에 자신의 영화사에서 제작하는 영화도 '용의자X'와 마찬가지로 소설 원작의 범죄 추리물이고, 주인공 2명 중 한 명이 강력형사라면서 시나리오의 감수를 부탁하셨습니다.

지금 작가님과 함께 한참 시나리오 작업을 하고 있습니다. 작가님께서는 영화 개봉 전까지는 영화에 대해서 외부 언급을 자제해 달라고 하셨지만, 적절한 시기에 독자님들에게는 SNS를 통하여 어떤 영화인지 먼저 살짝 알려드리겠습니다.

─────

10년 전 감수한 방은진 감독님께서 연출하시고 류승범, 이요원, 조진웅 배우님께서 연기하신, 히가시노 게이고 원작의 일본 추리소설의 리메이크작, '용의자X' 영화가 막 개봉하였을 때, 한 언론사의 기자님께서 제게 인터뷰를 해달라고 요청이 들어왔습니다.

그 기자님은 당시에 기자 시험에 합격하여 저희 경찰서를 출입하는 수습생 기자님이셨는데, 당시 초짜 형사와 수습기자로 만나, 둘 다 일 처리가 미흡하여... 어떤 날은 마치 형사과에 새로 발령받은 여형사인 듯이 저와 둘이 형사과 입구에 나란히 서서 데스크 반장님에게 야단을 맞은 적도 있었었고... 그 밖에도 초짜 형사와 수습기자로 경찰서에서의 6개월 동안 여러 에피소드가 있었던 여기자님이셨습니다.

사실 저는 언론사의 인터뷰 요청이 처음이라 신기하기도 하였고 기대도 되었지만, 여러 선배님들은 개봉을 한 지 일주일도 채 안 된 영화에 현직인 저의 인터뷰가 혹여나 상업적으로 이용될 수 있다면서 역풍을 맞을까 봐 걱정된다며 인터뷰에 반대를 하셨습니다. 그래서 기자님에게 전화를 해서 "기자님, 저는 솔직히 하고는 싶은데요, 이런 이유로 인터뷰는 못 할 거 같습니다ㅜㅜ"하고 거절을 했습니다.

기자님께서는 제가 우려하는 부분에 대해서 자신이 해결을 해 보시겠다면서, "형사님이 걱정하시는 부분이 해소되시면 인터뷰를 해 주실 거죠?"라고 하였습니다.

기자님과의 전화 통화를 끊고, 바로 그날 저녁에 서울지방경찰청 홍보과에서 전화가 걸려왔습니다. 홍보과에서는, ○○일보와의 인터뷰 요청을 왜 거절했냐고 하셔서, "이제 막 개봉한 영화라 상업적으로 이용될까 봐 그랬고요, 제 개인의 인터뷰가 조직에 누를 끼치면 안 될 거 같아서 거절했습니다"라고 대답했습니다.

그런데 홍보과에서는 오히려 저에게 "아이고, 형사님께서 경찰을 좋게 홍보해 준다는 인터뷰를 거절하신다고 하셔서, 저희 홍보과에서 어떻게 해서든 형사님을 설득해서 인터뷰를 성사시키라고 지시가 내려왔어요, 인터뷰는 꼭~ 꼭~ 해주시고요, 내일 아침에 기자님 경찰서로 찾아가시라고 하겠습니다. 인터뷰는 해 주시는 것으로 알겠습니다."라고 하고는 전화를 끊었습니다.

'용의자X' 국민일보 기사

제가 경찰 홍보와 범죄 예방을 목적으로 SNS 활동을 시작한 지

이제 1년 정도가 되었습니다. 아마도 '용의자X'란 영화 속의 조진웅 배우님께서 연기하신 '민범 형사'의 캐릭터 모델이 저라는 점을 독자님들은 궁금해하시지도 않으시겠지만... 저는 아주 적극적으로 알려드리고 있고, 우여곡절 끝에 당시의 수습기자님께서 써주신 기사가 10여 년이 지난 지금 저에게는 아주 큰 도움이 되고 있습니다.

제46화 형사와 육아

형사는 비번날에도 갑자기 출근해야 하는 경우가 잦습니다.

저 역시도 맞벌이라 저와 와이프 둘 다 출근을 해야 하는 경우가 간혹 생기는데... 급히 수배를 해도 애들을 봐줄 사람을 못 찾으면 어쩔 수 없이 애들을 데리고 사무실에 갑니다.

한 번은 일요일이었는데, 그날 당직근무 중인 옆 팀의 후배가 참고인 조사를 하려고 복도에 서 있었습니다. 그런데 초등학교 1~2학년쯤 된 처음 보는 남자아이가 경찰서 출입구 쪽에서 태연히 걸어와서는 마치 자기 사무실인 듯 강력4팀 사무실의 비밀번호를 누르고 문을 열고 들어가는 모습을 보고는 속으로, '어~!! 이건 뭐지?'

하고 생각을 했다고 합니다.

잠시 후 출입구 쪽 복도에서 제가 둘째 딸과 손을 잡고 들어오는 모습을 보고서야 후배는 "아휴~ 형 뭔가 했네요. 형수님 출근하셨나 봐요. 아들이 형이랑 정말~ 똑같네요^^;"라며 웃었습니다.

경찰서라는 곳이 무겁고 삭막한 곳이기는 하지만, 저희 아이들은 경찰서에 가면 이제는 당연히 짜장면에 탕수육을 배달시켜 먹고 삼촌들에게 용돈도 받고, 형사의 책상에 앉아 숙제도 하고 휴대폰으로 유튜브를 보다가도... 이제는 졸리면 사무실 한켠 간이침대에서 자연스럽게 잠을 자기도 합니다.

비번날 사무실에서 아이들과 함께

제47화 홍보모델

존경하는 한 선배님의 권유로 원광디지털대학교 경찰학과에 편입을 하였습니다.

처음에는 잠복 근무에 비번에 휴일도 제대로 쉴 수 없는 강력형사가 무슨 대학교냐고 생각을 했습니다. 그런데 선배님께서는 오로지 범인만을 생각하는 저에게 장비가 아닌 문무를 겸비한 관우가되어야 한다며 화까지 내시면서 타이르셨습니다.

교수님으로부터 뜻밖에도 학과 홍보모델의 제의를 받고, 과거의저와는 다르게 적극적으로 하겠다고 나섰습니다.

홍보팀으로부터 질문지를 받고 학교뿐 아니라, 지금 이 순간에도 보이지 않는 곳에서 국민의 안전을 위해 땀 흘리시는 동료들의 마음을 인터뷰에 담고자 노력하였습니다.

　　저희 경찰서까지 먼 길 와주신 순현민 PD님과 촬영팀, 그리고 김선영 홍보팀장님께 다시 한번 감사드립니다.

홍보모델 촬영 때

제48화 제 이름을 알리게 된 수사기법

현재에는 사회발전의 속도가 빠르고 첨단 IT기술을 접목한 새로운 형태의 기업들이 계속 나타나고 있습니다. 과거 잠복과 발로 뛰어다니던 수사환경도 그에 맞추어 급변하게 되었고, 인터넷과 IT기술이 범행에 사용되면서 새로운 수사기법들이 속속 개발되고 있습니다.

10여 년 전 카카오톡이나 라인 등 문자메시지를 대신할 모바일 SNS가 처음 생기면서 많은 사람들이 사용하게 되었고, 이를 범행도구로 이용한 범죄가 급증하였습니다.

당시 제가 맡은 사건 중 하나가 이런 SNS을 범행도구로 사용한 절도 사건이었는데, 범인에 대한 것은 흐릿한 커피숍의 CCTV 사진 한 장과 피해자분의 휴대폰에 남아있는 SNS 메시지 몇 개가 전부였습니다.

저 역시도 생소했기에, 지금은 굴지의 대기업이 된 그 SNS 회사 컴퓨터에 남아있는 범인의 단서를 찾기 위해 회사 프로그래밍 실무자와 수십여 차례에 걸쳐 통화를 하면서 단서를 발견하기 위한 추적용 압수수색영장을 만들어 검사님에게 신청하면서,

저와 마찬가지로 생소했던 검사님은 제가 영장을 신청할 때마다 전화를 하셔서 "김형사님, 이 영장으로 어떤 단서가 나오는 거죠?", "이 영장으로 정말 단서 확보가 가능해요?"라고 매번 물으셨습니다.

2개월에 걸쳐 4~5차례 영장으로 발췌한 방대한 데이터 정보를 가지고 머리를 이리 굴리고 저리 굴리면서 확보한 정보를 아무리 분석해도 범인을 추적할만한 쥐꼬리만 한 단서도 찾지 못하였습니다.

이 '모바일 SNS 수사기법'을 만들어 처음으로 전국의 수사관들과 공유를 하였는데, '지연된 정의는 정의가 아니다'라는 말이 있듯이 이 기법은 일주일이 걸릴 수사를 2~3일로 줄일 수 있어서 일선 수사관들의 큰 호응을 얻을 수 있었습니다.

그런데 새로운 수사기법을 만들기 위해서는 일단 그 기법으로 범인을 검거하여야 하고, 기법의 실효성이 증명되어야 하는데... 제가 만들었지만 사실은 이 기법으로 당시의 범인을 잡은 것은 아닙니다.

저희 경찰서는 '광역통합유치장'이라고 하여 저희 경찰서뿐만 아니라 인접한 다른 경찰서에서도 저희 경찰서의 유치장을 사용합니다.

당시에 확보한 자료를 분석하였지만 결국 단서를 찾지 못하였고,

범인을 잡는 것을 거의 포기한 상태였습니다. 그리고 저는 다른 사건으로 일이 있어서 유치장에 잠시 들어갔습니다. 그런데 제가 그토록 잡고 싶어 했었던... 그 커피숍의 흐릿한 CCTV에 찍힌 바로 그놈이 유치장 방안에 덜렁 앉아서 밥을 먹고 있었습니다.

저는 너무 놀라 제 눈을 의심하며 손가락으로 범인을 가리키며 범인에게 "어~ 어~, 야!!! 니가 왜 여기 앉아있어?"라고 하였고, 범인도 깜짝 놀라 저를 보면서 밥풀을 튀기며 자기 손가락으로 자기 얼굴을 가리키면서 "예? 저.. 저요?"라고 했습니다.

범인은 제 사건이 아닌 또 다른 범죄를 저질러 옆 경찰서에 있는 다른 형사에게 붙잡혀 저희 유치장에 들어와 있었던 것이었고, 범인을 조사해보니 제가 만든 수사기법으로는 단서를 찾을 수 없고 범인을 절대로 잡을 수 없다는 것을 그때서야 비로소 알게 되었습니다.

결국에 저는 '모바일 SNS 수사'로는 절대로 잡을 수 없는 범인을 3개월에 걸쳐 수사를 하면서 범인을 잡고야 말겠다는 집념으로 그 모바일 SNS 수사의 끝까지 파고들었던 것이었고, 그렇게 탄생한 수사기법이 전국 수사관들에게 제 이름을 알리게 된 첫 계기가 되었습니다.

돌이켜 생각해 보면, 범인이 제 수사에 의해 일찍 잡혔다면, 아마도 이 수사기법은 나오지 못했을 것입니다.

제49화 열정커피

"똘~ 열정커피 한 잔 주라~"

'주룩~주룩~' 아침부터 기분 나쁜 소리의 비가 피의자 도주 방지용 쇠창살이 쳐져 있는 강력4팀 사무실 창문 밖으로 내리고 있습니다.

바로 옆 팀인 강력1팀의 데스크 반장인 이형사님께서 진행 중인 사건이 잘 풀리지 않으시는지, 가만히 있어도 조폭 같아 보이는 얼굴을 잔뜩 찌푸린 채 저희 사무실 문을 열고 들어오시면서 커피를 한 잔 달라고 하십니다.

저는 아침에 출근하여 원두커피에 P머신으로 정성스럽게 내린 커피를 종이컵에 따르면서 "아니~ 어떤 놈이 또, 우리 형 머리를 아프게 한데요~"하며 이형사님에게 커피 한 잔을 건넵니다.

몇 년 전 다른 경찰서에서 전출을 온 이형사님과는 그전에 같은 팀에서 5년간 손발을 맞추었기 때문에 눈빛만 봐도 무슨 얘기를 하는지 알 정도로 친한 사이입니다. 그리고 저에게 '또라이'라는 별명을 붙여주신 장본인이시기도 합니다.

같은 팀에 있을 때 함께 여러 강력사건들을 해결하였는데 이형사님은 제가 일하는 모습을 보고... 그러니까 제가 미친놈처럼 범인을 잡으러 뛰어다니는 모습을 옆에서 보시고는 저에게 "야~ 넌 진짜 또라이다~"라고 얘기를 해 주셨고, 그 별명을 제가 좋아하자 그 다음부터는 아예 저를 부르실 때에 "어이~ 똘~ 막걸리나 한 잔 하러 가자"며 애칭으로 부르시곤 합니다.

경찰서에서 '형사과'나 '수사과'처럼 직접적인 수사를 하는 부서에서 근무하는 경찰관을 보통 형사 또는 수사관이라고 부릅니다. 그중 형사과 내에 있는 '강력팀'에 근무하는 형사를 '강력형사'라고 부릅니다.

우리 주민분들뿐만 아니라 같은 동료들도 강력형사에게는 많은 기대를 합니다. 그리고 그 기대는 범인을 꼭 잡아주고 사건을 해결해 주리라는 기대입니다.

하지만 주민들과 동료들의 기대에 부응한다기 보다는, 강력형사에게는 항상 4가지 마음가짐이 필요합니다. 신참 형사 시절 정말로 귀에 딱지가 앉을 정도로 많이 들었던 말이기도 한... 그것은 범인을 반드시 잡고야 말겠다는 '열정과 의지', 사건을 끝내 해결하고야 말겠다는 '인내와 끈기'입니다.

제가 아침에 출근하여 내리는 커피를 맛본 주변 동료들은 커피맛이야 사실 뭐 거기서 거기이겠지만... 저희 팀 커피에는 강력형사인 제 열정이 녹아있는 거 같으시다면서 일명 '열정커피'라고 부릅니다.

열정커피

제50화 '또라이'에게 찾아온 뜻밖의 기회

형사를 시작하면서 목표가 하나 생겼습니다. 단순 무식한 거였는데, 대한민국 강력형사 1프로 안에 들겠다는 거였습니다. 그 때문인지 주변 동료들마저도 싫어할 정도로 범인을 잡겠다고 정말로 미친 놈처럼 뛰어다녔습니다.

그동안 저는 별명이 여러 개 있었습니다. 그중에서 '또라이'라는 별명은 제가 참 좋아하는 선배님이 붙여주신 겁니다. 여러 별명 중에서 저는 이 별명을 가장 좋아합니다. 듣는 억양은 안 좋지만... 범인의 입장에서 '나를 쫓아오는 형사가 하필 또라이'라는 좋은 의미(?)의 별명이었기 때문입니다.

아침에 눈만 뜨면 일어나 미친 듯이 범인을 쫓아다니니 자연히 범인을 잡는 기술이 늘기 시작했습니다. 그리고 언제부턴가 제가 습득한 추적 기술을 전국의 동료들과 공유하기 시작했습니다.

어떤 선배님은 아무런 조건 없는 노하우의 공유를 우려하시기도 하셨지만, 급속도로 변화하는 시대 변화에 맞추어 범인을 쫓는 형사·수사관이라면 누구더라도 수사기술의 적극적인 공유가 필요하다는 게 제 생각이었습니다.

어느 날 문득 충남 아산에 있는 경찰수사연수원에서 전화가 걸려왔습니다. 교과목 중 '추적수사과정'의 실무 강사로 나와줄 수 있냐는 제안이었습니다. 전화를 받고 아직 젊은 제가 현직 수사관들 앞에 선다는 게 아무래도 부담감이 컸습니다.

하지만 범인을 잡는 거 외에도 제 조직과 국민을 위해 할 수 있는 일이 하나 더 생겼다는 거에 감사할 따름입니다.

경찰수사연수원

경찰 수사연수원에 대해서 소개해드리겠습니다. 연수원은 충남 아산에 있으며 국내 유일의 범죄 수사 전문가를 양성하는 실무 위주의 교육기관입니다.

교육생들 대부분은 현재 필드에서 뛰고 있는 형사와 수사관, 그리고 군 수사관과 관세청 등 경찰 이외의 특수 분야의 수사를 담당하는 특별사법경찰관들입니다.

10여 년 전부터 전국의 수사관들과의 수사기법을 공유한 것이 계기가 되어, 수사분야 중 제가 가장 잘하는 파트인 '추적수사과정'에 실무 외래강사로 작년부터 나가게 되었습니다.

제가 생각하는 형사의 역할 중 범인의 검거는 매우 중요하다고 생각합니다. 그리고 국민께서는 저희 경찰에 검찰처럼 사회이슈나 정치적 사건 등의 선택적 수사를 원하지 않으십니다.

경미한 범죄라도 내 가족에게 범죄를 저지른 범인을 잡아주고, 서민의 재산을 등쳐먹는 파렴치한을 잡아 피해를 회복하고 정당한 법적 처벌을 받게 하는... 모두가 공감할 수 있는 수사를 원하십니다.

그런 면에서 추적 수사는 국민의 기대에 부응할 수 있고, 경찰이 추구하는 사회정의의 실현과 보편적 정의 실현에 가장 부합하는, 어찌 보면 수사의 기본 중의 기본이라 생각합니다.

그것이 바로 제가 '추적'에 관심을 갖게 된 이유이기도 합니다.

제51화 공부머리와 수사머리는 다를 수 있다

학장 시절에 저는 공부와는 거리가 상당히 멀었습니다. 학교 다닐 때 하도 말썽을 피워서인지 순경 시험에 합격한 후 고등학교 은사 선생님들에게 인사를 드리러 찾아갔을 때, 선생님들께서는 나쁜 길로 빠지지 않고 경찰이 된 저를 무척이나 대견해 하셨습니다.

2001년 노량진 서울고시각 학원에서 순경시험 대비 종합반을 몇 개월 다녔지만 한글로 된 형법과 형사소송법은 점수가 차츰 오르는 데 반해서, 영어는 단 한 번도 30점을 넘기지 못했습니다. 과락 점수가 60점이니 시험을 친들 합격할 가능성이 전혀 없었던 겁니다.

학교 다닐 때 공부를 하지 않은 벌을 그제야 받는 것처럼 느껴졌었고, 3번의 공채 시험에 연이어 떨어지고 나서야 영어를 잡지 못

하면 경찰이 될 수 없다는 현실은 두려움으로 다가왔습니다.

제가 다녔던 학원에는 공무원 영어를 잘 가르치시기로 소문난 '9·7급 공무원 영어' 스타 강사님이 계셨는데 단과를 끊어 첫 수업에 들어갔습니다. 하지만 역시나 3시간 동안 강사님이 무슨 얘기를 하시는지 도통 알아들을 수가 없었습니다.

첫 수업 강의가 끝나갈 무렵 강사님은 "여기 일반 공무원 말고, 혹시 경찰 준비하시는 분 계세요?"라고 물으셨는데, 저 혼자 손을 들었습니다. 강사님은 강의를 이해했냐고 물으시기에, 창피했지만... 큰소리로 "솔직히 하나도 모르겠습니다"라고 대답을 했습니다.

강사님께서는 단과비를 환불해 줄 테니 바로 옆에 있는 검정고시 학원에 가서 2개월짜리 ○○기초영어 수업을 듣고 나서 다시 수업에 들어오라고 하셨습니다. 다른 학생들도 다 듣고 있는데 그런 말씀을 하시니 창피하기도 했지만, 강사님에게는 오히려 감사했습니다.

검정고시학원에서 기초영어 수업을 정말로 열심히 듣고 2개월 후, 다시 그 강사님의 수업에 들어가니 강의 내용이 조금씩 귀에 들어오기 시작했습니다.

1년이 지나 순경시험을 치를 때 다른 4과목보다 영어의 점수가 가장 높았고, 꿈에 그리던 경찰학교에 입교할 수 있었습니다.

영어를 너무 몰라서 경찰이 못 될 줄 알았는데... 나중에는 그 영어가 제 강점이 되었습니다.

시간이 흘러 저는 수사에 있어서, 그중에서도 강력 파트에 있어서는 다른 동료들보다 월등히 두각을 나타내고 있었습니다.

고등학교 때 가장 젊으셨던 2학년 은사님은 이제는 전 학년의 학생지도 선생님이 되셨고, 문제아였던 저를 유독 많이 챙겨주신 부장 선생님은 교장선생님이 되셨습니다.

수사연수원에 첫 강의를 나가기 전에 선생님들께서는 저를 위해 저녁식사 자리를 마련해 주셨습니다. 그리고 평생 교단에서의 노하우를 술잔에 녹여 전수를 해 주셨습니다.

저희 학교는 지역에서 공부를 잘하기로 소문난 학교라 선후배들 중에는 법조인에 사업 수완이 뛰어나 잘 나가는 동문들이 많이 있습니다. 하지만 언제든 전화를 하면 받고, 항상 선생님들과 가까이에 있어서 학교 앞 족발집에서 소주 한잔에 담소를 나눌 수 있는, 선생님들께서는 저를 최고의 애제자라고 말해주셨습니다.

언론 브리핑

제**52**화 국가수사본부

경찰청 국가수사본부

현재 검찰 개혁과 더불어 경찰 개혁도 함께 진행 중입니다.

단일 조직이었던 현재의 국가경찰체제를 국가 경찰과 자치 경찰
로 조직을 분리하고, 범죄 수사 사무를 총괄하게 되는 '국가수사본

부'를 신설하는 내용입니다.

국가수사본부는 경찰의 여러 임무 중에서 '수사 사무'만을 전담하는 최상위 기구를 경찰청에 신설하여 기존의 경찰 조직을 재구성하겠다는 의미이며, 이는 경찰 내의 권한 분산을 통해 민주주의의 기본 원리인 견제와 균형의 가치를 담은 경찰 개혁의 일환으로 '국수본'의 출범은 상징적 의미가 담겨 있기도 합니다.

경찰의 업무를 크게 보면 국민의 생명과 재산을 보호하고, 범죄를 수사하는 것입니다.

앞으로 경찰은 국가경찰과 자치경찰로 분리될 것으로 예상됩니다. 분리가 될 경우 주민들의 생활과 밀접한 관련이 있는 가정폭력, 학교폭력, 소년범죄에 대한 수사와 교통안전 확보를 위한 교통단속과 교통사고 조사, 가출인과 실종아동의 사건 처리와 수색 등 주민 밀착형 민생치안 사무를 자치경찰에서 맡게 되며, 민생치안 범죄 중 전국적인 규모 또는 일괄적 처리가 필요한 사건의 수사와 정보, 보안, 외사, 경비 등의 업무는 국가경찰에서 맡게 될 것입니다.

그리고 경찰청에 설치된 국가수사본부는 국가경찰이나 자치경찰의 구분 없이 수사, 형사, 사이버 등의 범죄 사건의 수사를 총괄하게 되며 경찰청장도 '공공의 안전 등 위험을 초래한 긴급한 경우' 외에는 국가수사본부장에게 구체적 사건의 지휘를 할 수 없게 하여 경찰 수사의 독립성을 보장하고 있습니다.

이러한 경찰 개혁은 국민을 위한 형사사법제도의 수립과도 깊은 관련이 있으며, 견제와 균형이라는 민주주의의 원리를 경찰 조직과 경찰 업무에도 동일하게 적용하고자 하는 것입니다.

그리고 국민분들께서 이제까지의 수사권 조정과 검찰 개혁, 그리고 국가수사본부 신설 등의 지금의 경찰 개혁에도 많은 관심을 가져주시고 기대 반, 우려 반의 마음으로 지켜보고 계심을 잘 알고 있습니다.

하지만 시대가 변한 만큼 국민의 신뢰와 사랑을 받는 경찰이 되기 위해 전국의 모든 경찰관들이 노력하고 있으며, 저 또한 일선에서 더욱더 열심히 뛰겠습니다.

제53화 제2회 책임수사관 선발 시험

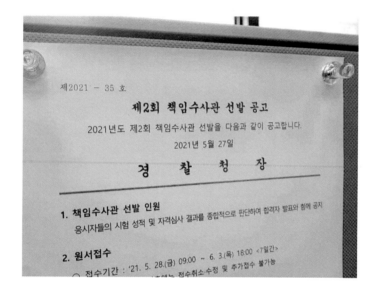

제2회 '책임수사관 선발 시험'이 공고되었습니다.

작년이 제1회 시험이었는데 야심차게 도전했었지만, 제 이름은 아쉽게도 합격자 명단에는 없었습니다ㅜㅜ

'책임수사관 제도'에 대하여 소개해드리겠습니다. 검경수사권 조정에 따른 경찰의 1차적 수사종결권 부여, 그리고 국가수사본부의 출범과 함께,

'공감·공정·인권·책임·전문성'을 두루 갖춘 베테랑 수사관을 선발하고, 엄격한 요건을 통과한 책임수사관들을 최일선에 배치하여 국민의 눈높이에 맞는 국민 중심의 책임수사를 구현하고, 수사경찰의 전문성 향상을 위해 작년부터 경찰청에서 시행하고 있는 제도입니다.

경찰관 중에 현재 수사파트에 근무하는 수사경과자는 2만 4천여 명입니다. 작년 제1회 시험 때에는 전국에서 2,100여명의 베테랑 수사관들이 지원을 하였고, 그 중에서도 단 91명만이 책임수사관으로 선발되었습니다.

(수치로만 보면 91명이란 숫자는 경찰 수사관들 중에서 0.4% 정도로 진짜 극소수입니다)

시험도 어렵고 자격 심사도 까다롭지만, 1년이 지난 2021년 6월 2일 오늘 좋은 결과를 기대하며, 다시 시험에 힘차게 응시를 하였습니다.

제54화 공무원이 진정한 경찰이 될 수 없는 이유

경찰공무원법이라고 있습니다. 야간 근무와 비상동원 등 일반 공무원과는 다른 특수한 근무 환경이지만, 경찰은 국가로부터 신분을 보장받으며 공무원의 혜택을 누릴 수 있습니다.

예전과 달리 지금은 도둑을 때려잡겠다거나, 조폭을 일망타진하겠다는 일념 하에 경찰을 지원하는 후배는 거의 없습니다. 제 생각에 아마도 지원 동기 1순위는 철밥통이라는 공무원이란 신분일 것이며, 저 역시 그런 맘이 없었다면 거짓말일 것입니다.

청운의 꿈을 품고 경찰에 들어와 현실과 이상의 벽에 수없이 부딪히고 그 벽 앞에서 힘없이 주저앉기를 반복하며, 제가 경찰관인지, 월급을 받는 직장인인지 점차 모호해져 갈 때 즈음... 경찰 생활에 회의를 느끼기 시작할 때쯤이 되어 형사과에 지원하였습니다.

형사과에 들어와서 제가 본 강력팀의 선배들은 이제까지의 선배들과는 전혀 달랐습니다. 공무원이라기보다는 오히려 막노동꾼에 가까웠고, 노동자는 일한 만큼 월급을 받아가지만 형사들은 수당도 없는 휴일 잠복근무에 심지어 자기돈까지 써가면서 범인을 쫓고 있었습니다.

(당시에는 외근형사들에게는 '초과근무수당 지급제도'가 없었습니다)

불교를 믿으시던 한 선배님은 저에게 "너는 아마 전생에 큰 죄를 지었을 거야. 그래서 그 죄를 씻으라고 현생에 강력형사를 하는 걸 거야"라고 말씀하시기도 하셨습니다.

범인들은 형사를 은어로 '곰'이라고 부릅니다. 은신처에 숨어 설마 이제는 형사가 없겠지 하고 나섰을 때... 그때만을 기다리며 잠복 중인 형사가 손에 은팔찌를 들고 나타난 모습을 보고, 깊은 동굴 속에서 마치 겨울잠을 자는 듯이 잠복 중인 형사의 모습을 일컬어 곰이란 은어가 생겼습니다.

그런데 아이러니하게도 저희 동료들도 저희를 '곰'이라고 부릅니다. 애들이 커가는 것도 제대로 못 보고 진급도 느린 데다, 누가 알아준다고 그 힘든 근무를 불평 한 마디도 없이 묵묵히 한다며... 속된 말로 미련하다고 미련 곰탱이라고 부릅니다.

하지만 누가 알아주지 않더라도, 진급이 느리더라도, 월급이 똑같더라도 살인적인 근무를 묵묵히 이겨낼 수 있었던 것은 형사로서의 '마인드'였었고, 그 마인드는 단지 악인을 잡고 피해자의 억울함을 풀어드리겠다는 단순한 소명에서 비롯된 것이었습니다.

저는 항상 후배들에게 일을 알려주기보다는 먼저 경찰관으로서의 자긍심을 심어주기 위해 노력을 하고 있습니다.

사람은 발전적이고 미래 지향적인 동물이기도 하지만, 사람이기 때문에 때로는 간사하고 편한 것을 찾게 되어있습니다.

경찰의 업무는 일반 공무원의 업무보다 몇 배는 위험하며 체력적 한계에 부딪힐 때도 많습니다. 또한 사건 현장에서 짧은 시간에 법률적 판단을 내려야 하여, 그 순간의 판단으로 수사 주체에서 수사 대상인 피의자로 전락할 수 있으며 법정에서 힘든 싸움을 홀로 견뎌내기도 해야 합니다.

단지 철밥통에 정년이 보장되는 공무원이란 생각에 안주하고, 경찰관으로서의 굳은 자긍심이 없다면... 앞으로 매 순간순간마다 마주하게 될 현실과 이상의 벽 앞에서 쉽사리 무너질 수밖에 없을 것입니다.

영화나 드라마 속에서 나오는 그런 비현실적인 경찰은 현실에는 있을 수 없지만, 국민으로부터 부여받은 막중한 권한과 함께 경찰관으로서의 소임을 이해하고 자긍심의 뿌리가 단단하다면 어떤 어려움과 역경이라도 충분히 헤쳐나갈 수 있으리라 믿습니다.

제 **55**화 올 한해도 열심히 뛰겠습니다

　얼마 전 경찰 조직의 상반기 인사가 마무리 되었습니다. 그리고 새로운 멤버의 강력팀이 꾸려졌습니다.

　파트너인 권형사와 함께 서울의 중심에 있는 낙산공원에 올라 올 한 해도 국민을 위해 최선을 다할 것임을 힘차게 다짐했습니다.

【책 판매 수익금은 아동학대 피해 어린이들을 위해 전액 기부합니다】

196